新機動戰記鋼彈W
冰結的淚滴

NEW MOBILE REPORT GUNDAM W Frozen Teardrop

隅沢克之

13 沉默的讚歌

邂逅的協奏曲

傑克斯檔案3

第二次月球戰爭 8

沉默的讚歌

MC檔案7.. 122

後記 208

Kadokawa Fantastic Novels

封面插畫／あさぎ桜、KATOKI HAJIME
插畫／あさぎ桜、MORUGA
日版裝訂／KATOKI HAJIME

NEW MOBILE REPORT GUNDAM W Frozen Teardrop

新機動戰記鋼彈W

冰 結 的 淚 滴

13 沉默的讚歌

隅沢克之

封面 あさぎ桜・KATOKI HAJIME　原案 矢立肇・富野由悠季

登 場 人 物

Character

希洛・唯

維持少年的模樣，從人工冬眠用冷凍艙中甦醒。身負殺死莉莉娜的使命。

麥斯威爾神父

迪歐・麥斯威爾。與希爾妲結婚又離婚，剪掉了原本的長辮，自稱為神父。

T博士

特洛瓦・巴頓。特徵是長長的瀏海，不太會把感情表露出來的學者型男子。

W教授

卡特爾・拉巴伯・溫拿。有著一對綠眼，外表看起來仍然像個青年的銀髮紳士。

張老師

張五飛。擔任地球圈統一國家祕密情報部「預防者」的火星分局長，同時也是凱西的上司。

特列斯・克修里納達

艾因與安潔莉娜的兒子，殖民地指導者希洛・唯是他的舅公。

凡恩・克修里納達

特列斯同母異父的弟弟，克修里納達家與羅姆斐拉財團的正統繼承人。

柯蒂莉亞・菲茲傑拉德

前往地球圈統一聯合宇宙軍月球基地赴任，擁有耀眼美貌的能幹准尉。後來叫作蕾蒂・安。

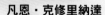

莉莉娜・匹斯克拉福特

第二屆火星聯邦總統。藉由人工冬眠而維持少女模樣。「完全和平程序P・P・P」的關鍵是殺死莉莉娜。

傑克斯・馬吉斯

本名米利亞爾特・匹斯克拉福特。是匹斯克拉福特王的長子，但隱姓埋名。

露克蕾琪亞・諾茵

維多利亞湖基地軍官學校的預備生。特列斯在該校擔任教官。

凱西・鮑

直屬地球圈統一國家總統的祕密情報部「預防者」的准校。莎莉的女兒。

前情提要

Summary

AC190年。以特列斯為首，迪歐、特洛瓦、卡特爾、五飛，以及ALPHA和BETA……他們各自的人生都面臨轉機。莉莉娜用虛擬眼鏡體驗過這些歷史後，對希洛表示自己已經作好捨棄「匹斯克拉福特」的心理準備。就在此時，蕾蒂・安去拜訪神父，並替他引見了某位人物。神父一看到這位游說自己「要不要和我一起從政？」的男子容貌，就開始喃喃自語：「……你是希洛嗎？」另一方面，在MD自動生產工廠衛星「火神」中，凡恩與張老師展開單挑，而T博士、W教授和凱瑟琳則與迪茲奴夫對峙。在每個人都為了拯救莉莉娜而拚命時，戰犯法庭判處莉莉娜死刑；而希洛開槍射中莉莉娜後，對傑克斯挑起最後的挑戰——

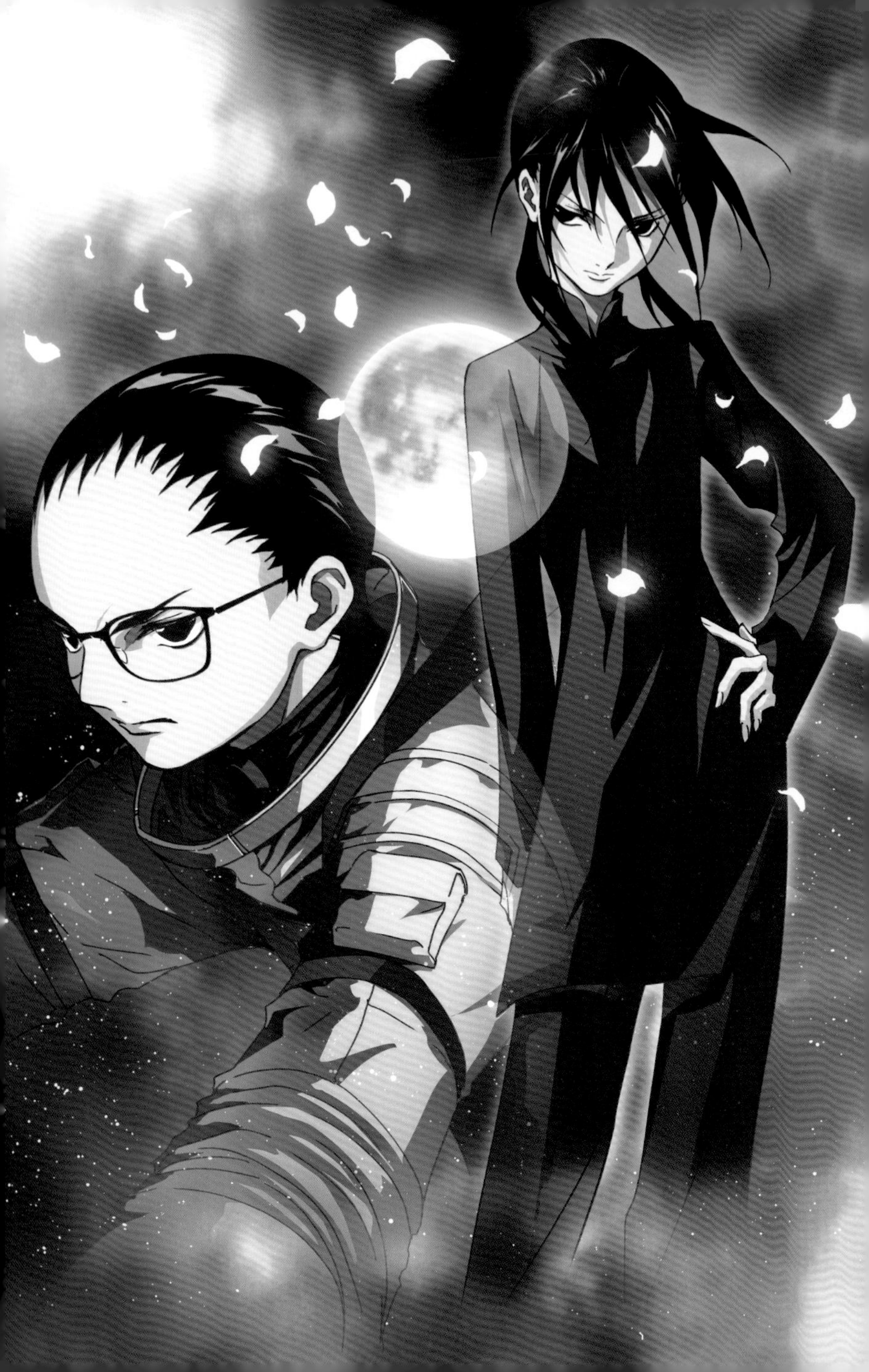

邂逅的協奏曲

傑克斯檔案3
第二次月球戰爭

AC-190 SPRING

地球　盧森堡

從去年年底開始，特列斯·克修里納達就經常收到奇怪的電子郵件。

發信者自稱「宇宙之心」。

剛開始特列斯根本不理會，但進入今年後，對方寄來的郵件分量越來越多，於是他在作好應有的防毒措施後開始確認郵件內容。

郵件裡只有看起來毫無意義可言的數字排列，而且還是能永遠持續下去的費氏數列（註：費氏數列又名費波那契數列，是從0和1開始，之後每個數字都是前兩個數字相加總和的數列，此理論可應用在恆等式與黃金分割等方面。）

看到這幾封郵件中有這樣區分的數列後，特列斯直覺到「這是種暗號」，於是嘗試進行各種分析。

不論哪封郵件都無法構成語言。

只有一個分析結果看起來像是語言，不過可能性很低。

因為結果很類似「喵」或「咪」之類的聲音，簡直像是貓叫聲。

「宇宙之心居然用貓語跟我交談？」

特列斯面露苦笑，認為「這是某人搞的惡作劇」。

當他想到這裡，就突然想起祖父桑肯特留下的藏書書架。

書架上淨是些政治學或哲學之類艱澀難懂的書，但其中只有一本書看起來很歧異。

特列斯依靠自己朦朧的記憶，在祖父的書庫裡找這本書。

他馬上就找到了。在厚書本之間，有一本很單薄，像是繪本的書夾在當中。

書名是用德語寫成《Katze Wörter（貓的語言）》。

副標題是〈貓語考察〉，封面是以夏爾·佩羅的童話《穿靴子的貓》為題材繪製的插畫。

作者是希洛·唯，於ＡＣ１７１年出版發行。

特列斯就是在這一年出生。

「還以為這只是殖民地指導者在閒暇時寫來消遣的書，然而……」

他取出這本書打開封面，就看到扉頁上寫著「寄語第一個孫子的出生——我照您的提議動筆寫了這本書，非常感謝。獻給我永遠的摯友——桑肯特·克修里納達」這段句子，還有作者的親筆簽名。

祖父是在隔年的ＡＣ１７２年去世，而希洛·唯發表「『宇宙之心』宣言」鼓吹殖民地獨立則是ＡＣ１７３年時的事。

「原來如此……」

「宇宙之心」與「貓語」這兩個關鍵字間有一條線連起來了。

說起來，祖父和希洛．唯應是敵對關係，但自己對於他們之間發生過什麼而變成這樣完全不知情。

隨著他進一步閱讀這本書後，就明白可以把貓叫聲的音程轉換成數值，再把得出的數值轉換成英文字母。

特列斯以這個原理為基礎，將「宇宙之心」寄來的郵件裡的數值語言化。

他得出的結果，是宛如被放在下著小雨的小巷子角落空箱裡的小貓咪，哀求自己將牠撿回家去的一句虛弱話語。

「請你連接『ZERO系統』」。

特列斯取出擺在辦公桌抽屜裡的「潘朵拉之盒」。

這是三年前，也就是AC187年時，傑克斯託付給他的東西。

當時傑克斯說這是「能登錄未來預測資料的裝置」。

他不覺得自己有必要做這種事，就隨手將其扔進抽屜裡；而如今他覺得自己遭到某種壓迫，才終於下定決心要登錄「ZERO系統」。

但這動機其實滿微弱的。

還比較像是要去撿一隻無家可歸，渾身濕透的流浪貓。

也或許是因為他聽到祖父的話了，又或是感覺到指導者希洛．唯的遺志。

不論理由是哪一方，總之特列斯聽從了這個要求。

郵件裡用貓語記載了必須的電腦容量和檔案格式。

特列斯使用目前ＯＺ持有的最高級量子電腦連上「ＺＥＲＯ系統」。

這一連串作業令他樂在其中。

他覺得自己變成了童話中磨坊主人的兒子，正在聽從《穿靴子的貓》的建議來親手開拓自己的命運。

「我這豈不是像一窮二白的『卡拉巴侯爵』（譯：《穿靴子的貓》中的貓替主人吹噓造勢時，替主人編造的假名）嗎？」

螢幕上直接映出無數的形形色色影像。

特列斯認定那是「ＺＥＲＯ系統」讓他看到的未來。

特列斯．克修里納達在微暗的書庫中陷入苦惱。

「月球上又要打仗了嗎……」

他十分懊悔。

他認為，如果自己這三年間有登錄「ZERO系統」並想辦法採取行動，或許就能阻止這場戰爭爆發。

「而且這場戰爭根本不能治本。如果無法消除戰爭本身，這種情形只會永遠反覆上演。」

特列斯試圖獨力摸索出終結戰爭的方法。

散布在世界各地的OZ特務部隊都收到了召集令。

特列斯過去在維多利亞湖基地培養的第一屆學生們，陸續集結在盧森堡。

其中只有傑克斯．馬吉斯和艾爾維．奧涅格缺席。

「各位，這次的戰場在月球……我們身為全新的OZ特務部隊，必須為將來的時代持續奮戰下去。」

露克蕾琪亞．諾茵、泉．塔諾夫、布羅汀．迪耶斯、索拉克．迪布琉克，目前他把各ＭＳ中隊交給這四個人來率領。

AC-190 March 07

宇宙要塞巴爾吉

在鐸澤特被暗殺之後，由曾擔任Ｌ-３方面軍前線指揮官的塞普提姆准將接替他的職務。

塞普提姆十分激動。

之所以如此，是因為以鐸澤特暗殺事件為首的殖民地叛亂軍的破壞工作。

「我們必須徹底肅清這些恐怖分子！」

他毫無忌憚地發出這種宣言。他抨擊ＡＣ１８７年時發生的殖民地墜落事件是一項恐怖行動，還指名L-2和L-5殖民地群是特定恐怖國家。

「那是殖民地陣營的公開宣戰！」

這番話根本無憑無據，而他的副官柯蒂莉亞對於這個偏激的上司也束手無策。

塞普提姆才剛就任要塞司令，馬上就對部下們放話：

「把現在要塞巴爾吉裡關押的恐怖分子統統公開處死！我們必須讓那些膽敢鼓吹『反聯合國』的傢伙知道，這是多麼有勇無謀的舉動！」

即使他宣稱那些人都是恐怖分子，事實上他們幾乎都是被強制貼上「反聯合國」標籤的殖民地一般市民。

其中也包括農業工廠的作業員和龍獠牙。

「請等一下，塞普提姆將軍。如果要處決俘虜，必須經過聯合國軍本部的許可啊。」

柯蒂莉亞很委婉地發表意見。

「現在是非常時期，平常的確認事項就無效了。」

「您說現在是非常時期？」

「妳不懂嗎？我們現在正受到殖民地陣營的攻擊啊。」

塞普提姆的強硬態度完全沒有動搖。

「我是巴爾吉要塞的最高司令官，所以這點小事沒必要一一向聯合國軍本部請命！」

「當然沒有必要，不過所謂組織，可是經常把責任推卸給現場人員。為了防範將來，在此請您下決定時務必慎重。」

雖然她說得很委婉，但因為這意見很合理，塞普提姆也聽進去了。

「那好吧，我就向布魯塞爾報告；不過我可沒空等那邊的回答。」

他發出這個命令後，就瞪了柯蒂莉亞一眼：

「還有，柯蒂莉亞上尉，今後不准對我提出意見！」

柯蒂莉亞為這位作風激進的上司準備了足以讓他冷靜下來的緩衝時間。

她真正的用意，是要讓塞普提姆不再打「殺雞儆猴才會有夠大的震懾力」這種笨到極點的主意。

公開處決這種手段在廣大殖民地市民眼中，只會惹人厭。他們累積的各種不滿若因此爆發，只會讓反叛者們更加團結。

凡是有點腦袋的人，都輕易想見他這種作法只會帶來反效果。

而聯合國軍本部當然也不會批准他這樣做。

『獨斷獨行是擾亂軍紀的行為。公開處決更是荒謬！』

聯合國軍總司令諾邊塔將軍以幾近激怒的語氣發來了通知。

然而塞普提姆完全沒把這個通知當一回事。

「我決定處決他們。如果向恐怖分子屈服，地球圈統一國家的世界秩序就會崩潰。這次處決，就是為了表示保護我們的宇宙的決心與覺悟！」

他宣布了公開處決的地點和時間。

時間是一週後的三月十五日，地點在月球「寧靜海」聯合宇宙軍基地內，質量投射器軌道下的某處槍決刑場；執行時刻則是殖民地標準時間零時零分零秒。

柯蒂莉亞被趕去通知各部門進行準備，而塞普提姆叫住了她。

「柯蒂莉亞上尉，妳認不認得這架機體？」

他要前來向自己報告已經通知司令室的柯蒂莉亞看這兩張照片。

在畫質實在稱不上好的模糊照片上，拍到的是披著斗篷的未登錄ＭＳ「普羅米修斯」。

「有一張拍的是最近鐸澤特暗殺事件中，保護逃離要塞的恐怖分子的機體；而另一張則是三年前的殖民衛星墜落事件中，觀測衛星偶然拍到後放大的照片。」

「這兩架機體很像呢。」

「根本就是同一架機體，不會錯！這就能當成殖民地陣營在搞破壞工作的證明吧？同時也可以藉此證明我們行為的正當性。」

「這……」

至少當初就是這架機體讓斷成兩截的殖民衛星農業工廠移動到墓地軌道上。

柯蒂莉亞很清楚，這架機體才是對那場前所未有的大災難防範未然的真正大功臣。

不過她不打算當場道出這個事實。

「可是光靠這些照片，會被認為物證太過薄弱。」

「那就馬上找出這架機體和駕駛員，並且統統扣押起來！不論用什麼檯面下的手段都無所謂，現在的我們必須不擇手段。」

「我明白了。」

她一臉憂愁地用沉重的聲音回答，心裡卻對另一方面燃起了鬥志。

她會真正動用檯面下的手段來調查，設法讓這位上司見不得人的一面曝光，並向聯合國軍本部告發，讓上司失去現在的地位——這就是她正在進行的陰謀。

L-4殖民地空域

有顆資源衛星要從位於火星與木星之間的小行星帶中被運走。

而它將被長程運輸艇拖到月球軌道的「07U1」點。

同時還預定要回收資源已經採掘完畢的衛星MO-Ⅳ。

這個地球圈統一聯合政府提出的大質量物體移動計畫，由溫拿家出面承辦。

「父親明明反對戰爭，為什麼還要接下替聯合國軍搬運當成軍需品的資源衛星這種工作？」

卡特爾對父親這種充滿欺瞞的行為感到憤慨。事實上那並非軍需品，而是用來維持殖民地環境所需的水和土等自然資源（也就是民生用品）。

面對卡特爾這種反應，他的父親薩伊德並沒向他解釋。

他只以一句「這不是小孩該管的事」搪塞兒子。

卡特爾潛入了牽引運輸艇，企圖將資源衛星切離。

「就是因為有這種東西，戰爭才不會從這世界消失。」

然而這項作業碰到了困難。這畢竟不是一個才十歲的少年單槍匹馬就能辦到的事。

在他還忙著完成作業時，牽引運輸艇已經出發，他也同時被作業員們發現。

聽到作業員們在發牢騷時，他才知道這件事的真相。

「卡特爾少爺，這顆資源衛星並不是軍事用啊。」

卡特爾聽了當場感到羞愧不已，但他仍對父親十分反感。

「這都是不好好跟我講的父親的錯！」

衛星只要一開始移動，就沒辦法回到原位了。

『你就別期待我會去接你了。作為你犯下的蠢事的懲罰，就在那艘運輸艇替作業員們打雜吧！』

薩伊德用螢幕通訊罵了卡特爾一頓。

這下子，卡特爾非得在抵達月球軌道前做些刷地板或洗餐具之類的雜務不可了。

L-1殖民地群 叛亂軍祕密小屋

蝴蝶與妹蘭作好只靠她們去救出父親的心理準備了。

「魔王」已經整備完畢，隨時可以出擊。

迪歐當然也出手助她們一臂之力。

「不管怎麼說，光靠妳們倆是辦不到的。」

雖然秉持樂觀主義，在關鍵時刻時卻是現實主義的他這樣說。

「只剩一個星期了不是嗎？在那之前，多找些人來幫忙吧。叛亂軍裡的同伴總不會對大叔見死不救吧？」

蝴蝶與妹蘭接受這個提議，去懇求叛亂軍指揮官阿爾緹蜜斯。

「妳們來得正好。我們剛剛擬定好救援作戰，妳們也聽一下吧。」

阿爾緹蜜斯笑著點點頭後，以任務螢幕播放作戰計畫，同時替他們說明。

作戰概要如下：

在公開處決當天，首先由「舍赫拉查德」和「普羅米修斯」率領駕駛「尼米亞」（里歐Ｖ型）的精銳部隊突襲月球基地東北部。

當基地的戰力都集中到東北部時，再由包含「魔王」在內的潛伏部隊破壞西南部刑場的圓頂，救出在那裡的龍獠牙等人。

「順便提一下，這個作戰和大約四十年前的ＡＣ１４７年時用來拯救希斯・馬吉斯與『夏伍德』號上的逃犯的作戰方法相同哦喔。」

當時阿爾緹蜜斯的父親瑟蒂奇中士也以南瓜戰車隊的駕駛員身分參與作戰。

蝴蝶與妹蘭聽完說明後，才終於安心了。

「問題在於當時沒有宇宙要塞巴爾吉呢。我覺得，要是這玩意兒被派來，那可有點麻煩了……」

「聽說巴頓財團要出面搞定巴爾吉。」

副官坎斯這樣回答她。

「是德基姆嗎？這是吹得什麼風啊？」

「他們雇用的技術人員S博士與H教授好像成功開發出量產型MS了。他們替那個機型命名為『阿庫拉』，目前生產線上好像已經有一百五十架。」

巴頓財團以豐沛的資金確保了物資與人才。

他們已經逼退艾因派，成為叛亂軍的核心。

阿爾緹蜜斯聽完後就嘲笑著說：

「是有了新玩具就想用用看吧……叛亂軍的思考方式還是一樣幼稚呢。」

「不，德基姆他們的目的，好像是要以那個機型為基礎來量產鋼彈尼姆合金製的ＭＳ。」

「他想怎麼做？月球資源中的ＧＮＤ原石應該早就被挖光了。」

「聽說聯合宇宙軍的採掘班在南極的『艾托肯盆地』發現和『風暴洋馬里烏斯丘』一樣，從深邃的縱向洞窟連接的巨大熔岩坑道。」

「那裡有ＧＮＤ原石嗎？」

「那裡的地形和『馬里烏斯丘大洞』很像，幾乎可確定裡面埋藏了大量的ＧＮＤ原石。」

「他打算去搶那個啊。」

「應該是這樣。」

「因此就有必要先摧毀今後會礙事的宇宙要塞嗎……」

阿爾緹蜜斯感到猶豫。雖說雙方同樣是叛亂軍，卻連團結起來並肩作戰都辦不到。

沒有比不知何時會背叛的友軍更可怕的存在。

更別說巴頓財團的野心是稱霸宇宙。

這雖然是個危險的賭注，阿爾緹蜜斯還是決定把順利完成眼前的死刑犯拯救作戰擺在第一位。

——我必須先完成這些女孩的願望。

叛亂軍內部的權力鬥爭這種事，以後再說吧。

「我很感謝他們來幫忙，不過反正肯定有條件吧？」

「真是明察秋毫啊。」

「德基姆是個商人嘛，他怎麼可能免費幫忙。」

「不過以條件來看，我倒覺得他已經大減價了。巴頓財團要求我們交出『普羅米修斯』。」

阿爾緹蜜斯十分意外，因為她本來推測對方只會提出「交出叛亂軍的指揮權」或「加入財團麾下」之類無理的要求。

「看樣子，他真的讓了很大步呢。」

用一架ＭＳ交換對方攻擊巴爾吉，這筆交易相當划算。

「ＯＫ，我答應了。佯攻作戰就只由公主殿下（舍赫拉查德）和小尼米亞他們來進行就好了。」

幾小時後，巴頓財團的ＭＳ運輸艇為了接收「普羅米修斯」而出現了。

艾爾維必須放棄以往一直駕駛的愛機。

「你能接受嗎？」傑克斯這樣問道。

「可以啦，這單純只是身為測試駕駛員的我卻迷上自己開的試作機罷了，就只是工作。」

他這話說起來很無情，表情卻很寂寥。

兩人目送運輸艇漸行漸遠，並以測試駕駛員的身分嚴謹地行了一禮。

L-1殖民地空域

「無名氏」以整備兵的身分搭乘巴頓財團的ＭＳ運輸艇。

雇用他的是S博士。

當飛往L-3殖民地的移民船因為引擎故障而漂流時，受委託前來修復引擎的就是S博士；而當時負責輔助他的則是無名氏。

「你雖然還是個小鬼，但很有當工程師的天分嘛。」

「我不是技術人員。我打出生起就一直是士兵了。」

「是嗎……所以你還具備了作為士兵的直覺。」

「……」

「小子，你叫什麼名字？」

「我沒有名字。」

「那好吧，我決定收留你了。反正你也無處可去吧？」

「是啊……」

無名氏並非無處可去，而是無家可歸。

今年年初時，無名氏在地球的東歐戰線遇見一位名叫米蒂的少女，並在傭兵部隊的營地裡暫時和她一起行動。

然而「敗戰的羅伯特」部隊遭到殲滅，他們倆也因而無處可去。

那時無名氏才知道是米蒂背叛了他們。

她哭著說自己家裡很窮，為了養家才把部隊的位置情報洩漏給聯合國軍。

「妳還比我好一點，至少有家可回。」

無名氏只留下這句話，就要離開現場。

「等一下啊，無名氏！」米蒂叫住了他。

「妳認錯人了……我不是無名氏。」

他用哀傷的眼神，抬頭看著星空：

「我是個在尋找歸宿的旅人。」

然後無名氏就前往宇宙了。

無名氏在專心進行新型ＭＳ的最終調整。

ＷＭＳ-０１「阿庫拉（Aquila：天鷹座）」——在希臘神話中啄食大神普羅米

修斯的肝臟的神僕。

這架ＭＳ也是後來出現的ＷＭＳ-０３「馬格亞那克」的原型。

它是以和里歐完全不同的設計概念製造出來，可說是犧牲機動性和格鬥能力來重點強化裝甲強度與以二連裝格林機砲為首的武裝火力的特裝型機體。

換句話說，這特性是Ｓ博士極度凸顯其個人興趣的結果。

即使如此，操作性能還是高得異常。

駕駛艙裡的螢幕視野良好，還可進行連外行人都能在短時間內上手的簡易操作；這方面可說大半要歸功於駕駛艙系統的權威Ｈ教授。

當無名氏調整完畢時，他認為聯合國軍的量產機根本比不上這架機體。

每到休息時間，他都一直在看《格雷的畫像》。

這本書是「敗戰的羅伯特」唯一的遺物。

「你在讀很難懂的書呢。有趣嗎？」

Ｓ博士的聲音從他背後傳來。

「沒什麼……我早就看完了，現在只是為了排遣無聊。」

「這樣的話，跟我一起過來……讓你見識一下剛剛才拿到的我的傑作。」

無名氏看到被運進機庫裡的「普羅米修斯」後，深受震撼。

那種既粗獷又洗鍊的造型，已經超越所謂「機動兵器」的概念。

「怎麼樣，還中意吧？」

「我從來沒看過這種東西。」

無名氏看得瞠目結舌，嘆了口氣後說了這麼一句。S博士則得意地笑了。

「這就是攻略巴爾吉時的隊長機。率領阿庫拉（天鷹）的普羅米修斯（大神），你不覺得這很有趣嗎？」

S博士擺出一副當初就是為了這個才打造全新量產型MS的架勢。

「問題在於普羅米修斯的駕駛員。這可不是那個白痴少爺能開的機體。」

兩人眼前有個名叫「特洛瓦」的青年，正對著整備兵們破口大罵。

「這架機體是什麼玩意兒啊？這簡直就是火藥庫啊！開這種東西能打仗嗎？萬一被打中一發而引爆彈藥該怎麼辦啊？這算哪門子的設計啊！」

無名氏被告知這個男人是德基姆．巴頓的獨生子，還是普羅米修斯的候選駕駛員人之一。

「可憐的傢伙……他好像很怕死。」

L-5殖民地空域

五飛趁高中放春假時，和O老師一起前往月球。

他們用的名義是調查並調度化學物質，五飛的身分則是O老師的助手。

事實上，他們的目的是去救出O老師被囚禁的盟友龍獠牙。

「MS？」

五飛第一次聽到這個字眼，於是反問。

「這玩意兒開發出來才十五年，你沒聽過也很正常。」

「駕駛那種東西打仗，只會讓戰士的覺悟變遲鈍不是嗎？」

「剛好相反，沒有戰鬥的覺悟就無法駕駛MS。」

「那我要駕駛的機體是……」

「托爾吉斯始龍。」

那架機體就在這艘運輸艇的機庫裡。

「你不是說叫『鋼彈』嗎？」

「『神龍』還沒完成，大概還得再花三年吧。」

「你還真是慢條斯理……為什麼那麼堅持要作人型機動兵器？」

「因為戰爭不是單純的互相殘殺，而在這個時代進行的戰爭都只不過是屠殺罷了。提升到極限的靈魂互相碰撞——這才是戰爭應有的模樣。戰鬥不但會替自己，也會替對手帶來精神上的變革；而鋼彈就能把這種事變成可能。」

「在我聽來，只覺得你把話說得很冠冕堂皇。」

「人類自從獲得所謂『核武』這種東西後，就再也無法打真正的戰爭了。如果打仗時要追求效率，很明顯結果就會變成那樣；然而ＭＳ這種沒效率的兵器就不是這樣。人類原本應該在戰爭中獲得的答案就在那裡。榮耀與名譽，贏家和輸家，這些意義只要是參戰的雙方都會得到。就是為了令人類的戰鬥得有尊嚴，才非得把兵器作成人型。」

「…………」

「在戰鬥中投注自己的靈魂吧。不論『激情』、『哀悼』還是『贖罪』都可以，唯獨不可以因為『憎恨』而戰鬥。憎恨是軟弱的象徵，正是因為軟弱，才需要靠『憎恨』來彌補。何況要是在戰鬥中更加『憎恨』對方，就無法逃離之後會出現的『復仇』的連鎖反應。」

五飛對自己的軟弱向來有自覺，也總是在自問到底能不能戰鬥。

「如果你在戰鬥時，舉手投足間的所有行動都一直投注著自己的靈魂，那麼對手也一定會以感情來向你提出某種訴求。你就把自己的攻擊當成是神在裁決彼此的生死吧。讓對手能感受到這一點，就是鋼彈駕駛員的使命。」

「我要駕駛的是托爾吉斯吧。」

「那也一樣，今後你就把始龍當成鋼彈吧。」

月球　「卡達利那環形山」　地下基地

BETA和ALPHA各自駕駛飛翼鋼彈與原型零式不斷進行模擬格鬥。

BETA逐漸體會到J博士所說「邁入神之領域的機體」是什麼意思。

這是以前駕駛里歐時絕對不會有的感覺。

不論揮出手臂還是使出踢擊都十分流暢，操作時簡直有如自己的感覺延伸到機體上一般融合；閃避ALPHA的攻擊時，也能在零點幾秒內做出反應。

「居然能作到這個地步……」

BETA無法隱藏被這賦予的這架機體所帶來的震驚。看來J博士並非一個光說不練的人。

這是天才方能達成的偉業——這架機體讓他感受到如此恐怖的技術力。

而這也益發讓BETA感到屈辱。

——為什麼我會覺得這麼悔恨？

剛開始，BETA搞不懂自己怎麼會有這種感覺。

是因為對塞斯的思念嗎？

還是因為得知只會虐待我們兩個，令人憎恨的對象實在太完美，自己根本不是對手？

不，這些都不是原因。一切都是因為他對眼前的敵人ALPHA不是滋味。

為什麼還有另一個我？為什麼自己只能用骨架外露的未完成機體，而另一個自己卻能用已經完成的原型零式？這些他都無法接受。

不論他反覆使出多少正確的攻擊，都無法傷到原型零式。

宛如銅牆鐵壁般的裝甲，把那些攻擊都擋住了。

相反的，ALPHA的攻擊就算只是擦到一下，產生的衝擊都強到足以讓BETA腦震盪。

雙方唯一打得旗鼓相當的時候，就是使用光劍對戰時。

有一天，BETA發現了一件事。

當雙方互相較勁的結果是自己被一口氣彈開的那瞬間，原型零式停止了動作。

這是很明顯的破綻，對方卻沒有攻擊，這樣根本稱不上打得旗鼓相當。

——那傢伙手下留情了。

戰鬥結束後，BETA向從駕駛艙下來的ALPHA發話：

「雖然我覺得不可能……」

ALPHA疑惑地回過頭來。

「你瞧不起我嗎？」

「沒這回事。」

「那為什麼放水？」

「……因為我明白了。」

「明白什麼？」

「之後會發生的事……我看得到未來啊。」

BETA認為他果然瞧不起自己。

「怎麼可能有這種事？」

「好像是這架機體的性能……我的腦海裡會浮現未來的影像。」

ALPHA直視過來的眼神十分真誠。

看起來完全不像在開玩笑。

過去，J博士曾說「活下來的是哪一個都無所謂」。

他們倆都把這句話當真，過去也一直很認真地互相廝殺。

BETA依然十分焦躁地繼續質問：

「既然如此那就更不應該了！你為什麼不用這種力量殺了我？」

「因為你就是我……該死的是我，不是你啊。」

BETA無法理解這句話的意思。

是因為他能看見未來才會這麼想？還是因為這裡的訓練讓他身心俱疲，導致自暴自棄？又或許是兩者兼之，才會讓他有這種感覺？

——那傢伙想尋死。

——他比我更加悔恨。

BETA想起亞汀・羅教他依照自己的感情生存下去的方法。

J博士帶著兩件太空服出現了。

「今天要到地面上進行步槍射擊訓練。或許在這個時期進行還太早，但目前的局勢已經不容我這麼說。」

他還是老樣子地臉上帶著奸笑，這是令BETA深惡痛絕的表情。

「最近，月球上將會爆發大規模戰鬥，當然你們也得參戰。所以呢，在那之前你們必須學會射擊。沒什麼啦，不用擔心，你們把這當成實戰訓練就行了。」

兩人照他所說地開始穿上太空服。

J博士準備了兩把巨型步槍。

這兩把槍得各自裝填能源，而其中一把雙重巨型步槍正在進行加裝六具劍型矮星的作業。

BETA一邊穿太空裝，一邊低聲對ALPHA說：

「機會來了。你就趁這個機會找到空檔，然後逃走吧。」

「我們就不能一起逃嗎？」

「不行……飛翼還無法飛行。而且我想上戰場，並且戰死。」

「這樣啊……」

兩人各自坐進了座機的駕駛艙裡。

卡達利那環形山裡出現兩架ＭＳ。

型號ＸＸＸＧ-００Ｗ０「飛翼鋼彈原型零式」。

型號ＸＸＸＧ-０１Ｗ「飛翼鋼彈」。

BETA對著通訊機說：

「快變形成飛鳥型態！我一個人死就夠了。」

原型零式開始變形，而這段期間，通訊機裡還聽得到ALPHA的聲音。

『真的好嗎？你才是正牌啊。』

「這無所謂了……你就連我的份一起活下去吧。」

變成飛鳥型態的原型零式就這樣垂直上升，往南方的遠處飛走了。

AC-190 March 10

月球南極　艾托肯盆地

埋藏大量ＧＮＤ原石的巨大熔岩坑道裡，亮起一道閃光。

那是原型零式的三重矮星倍幅型所射出的光束。

坑道裡發生廣範圍的連鎖爆炸，規模甚至大到足以改變月球的地形。

「這樣一來就沒有戰爭的理由，應該能避免開戰吧。而且今後再也無法製造鋼彈尼姆合金製的ＭＳ了。」

駕駛艙裡的ALPHA低聲喃喃自語著。

他面前的半球型「ＺＥＲＯ系統」，沉默地散發著光芒——

然而局勢並沒有依ALPHA的意願改變。第二次月球戰爭就在這一天開打了。

宇宙空間　月球軌道

這場戰爭是由叛亂軍開啟第一槍。

德基姆．巴頓率領的叛亂軍宇宙艦隊採取從L-2殖民地群通往月球的航線。

該艦隊的編制是巡洋艦一艘（旗艦J．巴里號）、驅逐艦五艘，MS運輸艇十艘以及護衛機搭載宇宙母艦兩艘。雖然規模小，但仍能稱得上是一支威風凜凜的宇宙艦隊。

「在『寧靜海』發現目標！」

在旗艦J．巴里號的艦橋裡，觀測手發出了報告。

副官代替總司令德基姆・巴頓發令：

「天箭座作戰，開始吧。」

「天箭座（Sagitta）」這個名稱的由來，是希臘神話中由天鷹座替宙斯攜帶的「雷箭」的小星座，這個名字倒是很適合前哨戰。

這場突襲戰的目的是削弱位於月球「寧靜海」的地球圈統一聯合國宇宙軍基地的戰力。

第二個目的，則是為了五天後的巴爾吉攻略戰作準備，進行普羅米修斯和阿庫拉的強化聯合作戰預演。

聯合宇宙軍的薩吉塔里烏斯級月球巨型戰艦「凱龍號」（三號艦）與「人龍號」（四號艦）為了定期巡邏而飛越「寧靜海」，北上前往「澄海」。

清晨的「澄海」上，有著人稱「斯米爾諾夫山脊」的漫長皺嶺遮擋陽光，因此形成一條又長又大的陰影。

這道全長達五百公里的山脊，形狀看來就像一條蛇。因此過去也有一段時期被稱為「蛇紋岩山脊」。

一般巡邏航線是沿著這條蜿蜒曲折的山脊往位於月球北邊的高加索山脈走，也就是從「雨海」飛向「風暴洋」來巡視。

月球的山脈名稱中，使用地球上已有山脈名稱的情形相當多。

像「高加索山脈」這個名稱，在地球上位於黑海與裏海間的山脈也是叫這個名字。

在希臘神話中，這座山也是被稱為「高加索山」，普羅米修斯大神就是被宙斯用鎖鍊鎖在這座山上。

突襲是在「凱龍號」和「人龍號」行進到斯米爾諾夫山脊終點處時展開的。

由於叛亂軍最近幾年來一直沒有動作，這次的定期巡邏也早就淪為形式。

整體來說，現在的定期巡邏與其說是巡視，不如說更偏重於訓練士兵。

而這支巡邏隊眼下就遭到突然出現月球上空的叛亂軍宇宙艦隊展開的轟炸。

巡邏隊根本無法應付。

五艘驅逐艦把合計約兩百噸這種壓倒性物量的炸彈扔到「凱龍號」與「人龍

號」頭上。

這兩艘巨型戰艦並不像以前的「薩吉塔里烏斯」或「肯陶洛斯」那樣有裝備巨大光束砲塔。這是為了不再重演ＡＣ１８６年的密里昂・里德爾哈特將軍那樣的大失態。

它們的對空反擊手段只有２６０公釐三連裝砲塔，但射程根本不夠。

在兩艦上百座二聯裝對空機槍編織的彈幕下，它們勉強避開，沒被炸彈直接命中；但炸彈著地後的爆炸掀起龐大的沙塵，完全遮蔽了視野。

月球上空氣稀薄，幾乎完全無風，因此在六分之一重力的環境下被掀飛的沙塵會一直在空中飄浮。

確認這一點後，十艘ＭＳ運輸艇立刻降低高度，各艦都放出十架ＭＳ「阿庫拉」，合計一百架ＭＳ展開空降。

ＭＳ部隊在就戰術上來說能占到地形優勢的高加索山脈的山麓展開。

同時，阿庫拉的駕駛員也發出「任務完成」的密碼——

「老鷹降臨高加索山」。

一望無際的「澄海」，被灰濛濛的爆炸煙霧遮蓋了。

慢了一步的隊長機「普羅米修斯」也展開空降，以笨拙的姿態著地。

這樣一來，S博士所說的模仿希臘神話的舞台設定就完成了。

駕駛艙裡的特洛瓦．巴頓大叫：

「『普羅米修斯』抵達現場！之後開始戰鬥！」

MS「阿庫拉」展開了第一波砲擊。

落在最後面的「普羅米修斯」架起巨大十字架型重機砲，射出大型導向飛彈。

接著打開了肩部與胸部的裝甲，射出所有小型飛彈。

特洛瓦想在自己的座機中彈前，把所有搭載的彈藥統統射光。

攻擊目標是位於升起灰濛濛爆炸煙霧的中心處。

雖然煙霧的籠罩範圍很大，但其中確實有敵人。

阿庫拉部隊硬是把盲射戰術貫徹到底。

即使無法目視確認，但只要朝有金屬反應的地方攻擊，就能輕易打中某些目標。如果有東西從爆炸煙霧中冒出來，那麼還可以直接狙擊目標。

這場突襲中，叛亂軍占盡壓倒性的優勢。

聯合國軍陣營的「凱龍號」和「人龍號」確認叛亂軍的攻擊從空中轟炸轉移到ＭＳ部隊的攻擊後，緊急派出里歐部隊迎擊。

兩艦各自搭載了五十架里歐，安置在撤除艦首的巨大光束砲後多出的空間。

一百架對一百零一架，雖說雙方在數量上幾乎相同，但叛亂軍的優勢依然穩如泰山。

從爆炸煙霧中衝出來的里歐連一次反擊都沒能發出，就統統成為阿庫拉的二連裝格林機砲的槍下亡魂了。

更致命的是，這次出擊太過倉促，里歐的裝備根本不足。

里歐部隊裡幾乎所有機體拿的都是中程火箭砲。

但是阿庫拉ＣＱＢ（近身戰）部隊已經逼近到爆炸煙霧的空隙前面，只要里歐部隊一從煙霧裡冒頭，在那瞬間就會成為光劍的刀下亡魂。

雙方機體都亮出光劍，陸續打起中程火箭砲派不上用場的近身戰。

月球表面上不斷堆起大量里歐的殘骸。

巡洋艦Ｊ・巴里號的艦橋上，由阿庫拉駕駛員們陸續傳來的擊毀敵機報告此起彼落。

「我軍大獲全勝啊。」

聽到副官這句感想後，德基姆靜靜地點點頭。

「敵軍的損害率超過了50％……我軍大約擊毀了五十架里歐。」

「嗯……雖然他們都打贏了很值得慶賀，但還是讓各機趕快開始撤退吧。不必抓俘虜，也不用徵集物資。天箭座作戰，任務全部完成。」

這道撤退命令發出後，阿庫拉與普羅米修斯就開始迅速撤退。

這場逃走行動可說十分漂亮，堪稱是精湛的撤退。

尤其是駕駛普羅米修斯的特洛瓦完全沒有身為隊長的自覺，還一馬當先地回到在「雨海」待命的運輸艇上。

「因為我們是有生命的物種嘛。今天就為這場勝利乾一杯吧！」

叛亂軍的士兵並沒有任何傷亡，而德基姆等人也把這一戰譽為「論戰果堪稱大獲全勝」。

但是就削減敵軍戰力的角度來看，作為最大目標的巨型月球戰艦「凱龍號」和「人龍號」依然存在，所以這對聯合宇宙軍來說，實在稱不上太大的打擊。

另外，在普羅米修斯和阿庫拉部隊聯合作戰這方面，特洛瓦·巴頓的擅自行動太過引人注目，就更別提什麼有組織性的運用了。

這兩個目的都沒達成就宣稱這一仗大獲全勝，未免太過輕率。

話雖如此，聯合宇宙軍司令部目前的狀態看起來比叛亂軍更蠢。

當他們收到遭到襲擊的「凱龍號」傳來的報告時，不光以為「不過是威力偵察」，還盲目地認定叛亂軍應該不會在環境嚴苛的月球上發動戰爭。

兩天後，克拉連斯將軍與高層參謀們親眼看到遍體鱗傷地回到月球基地的「凱龍號」和「人龍號」時，還讚揚這兩艦「在英勇應戰後漂亮地擊退敵軍」，甚至舉杯慶祝這場「勝利」。

叛亂軍「絕對不會」發動大規模反攻——這種毫無根據的固有觀念，在聯合宇宙軍司令部上下可說是根深柢固。何況叛亂軍中的各派閥之間也沒什麼協調合作性可言。

就算他們真的能協調合作了，也不會在不論軍力、組織力、財力哪一部分都遠遜於聯合國軍的情況下做出發動大規模反攻這種愚蠢的行為……聯合國軍高層就是這樣把他們自己的怠惰和膽怯套在叛亂軍頭上，但這也不過是他們一廂情願的觀點罷了。

聯合國軍裡唯一對目前事態反應過度的指揮官，就是要塞巴爾吉的司令塞普提姆將軍。

「這是爆發叛亂的徵兆！現在我們不能再袖手旁觀！應該盡快處決恐怖分子們作為報復！」

接著，他對副官柯蒂莉亞上尉下令：

「追蹤叛亂軍艦隊的動向！從月球背面到環形山底部都給我仔細搜查！」

柯蒂莉亞依令張開雷達網搜查，追蹤那些有不穩定動向的船艦。

雷達網立刻就發現很像是叛亂軍艦艇的傢伙。
但她並沒把這件事向塞普提姆報告。
因為她對那些艦艇中有隸屬巴頓財團的船艦這點頗有疑慮。
根據柯蒂莉亞獨自進行的調查顯示，塞普提姆和德基姆·巴頓之間略有接觸，這點無庸置疑。
「那隻臭老鼠，我一定會逮到你的尾巴。」
柯蒂莉亞打心底瞧不起那位只會把工作都推給她的無能上司。

AC-190 March 13

迪歐在小型運輸艇的機庫裡傾聽少女的歌聲。
他終於聽出對方唱得很小聲的歌詞是英文。
那是一首以「嘿。滴答！滴答！」這句歌詞為開頭，名叫「貓與小提琴」的搖籃曲，他在被教會收養的期間就經常聽人唱這首歌。

「♫Hey diddle diddle,
The cat and the fiddle,
The cow jumped over the moon.
The little dog laughed
to see such sport,
And the dish ran away
with the spoon.

〈譯——嘿。滴答！滴答！
貓咪主將和小提琴演奏。
母牛跳過了月球軌道。
小狗看了哈哈大笑。
結果。
盤子和湯匙一起逃跑了。〉」

——♫

迪歐擅自想像正在唱這首歌的是蝴蝶。

然而當他到駕駛艙去看時，才發現在哼歌的是妹蘭。

他是靠髮型來區別這對長得很像的姊妹花。

用髮夾把一頭長髮分成兩邊的是妹蘭，而綁成一束的則是蝴蝶。
所以只要看背影，他自然就知道誰是誰。
妹蘭的側臉看起來有點虛幻，而她正盯著手上的一朵小白花。
這朵花是宇宙用的改良品種，外表看起來很像雛菊，人稱「宇宙花」。
從位於中央的雄蕊處，有雌蕊以類似費波那契數列的螺旋軌跡向外擴散。
「搞什麼，我還以為是蝴蝶呢。」
妹蘭吃了一驚，立刻回頭看過來。
「別突然冒出來啦！這樣會嚇到人吧！」
「沒想到妳也有這麼可愛的一面耶。」
「那可真抱歉喔。」
她用平常好勝的表情這麼說。接著，迪歐一直盯著妹蘭的臉看。
「你幹嘛啊？」
「不，我在想妳和她果然很像。」
迪歐想起之前在要塞巴爾吉的農業工廠時，蝴蝶也曾露出同樣的寂寞側臉。

那時她的眼裡根本沒有身為武人的覺悟，而現在的妹蘭也一樣。

因此迪歐會因為讓這對姊妹花去執行骯髒的工作——也就是殺人這點而過意不去，也是無可奈何。

「大叔也真是個罪人啊，居然把自己的女兒當成男人來養大。」

「父親大人哪有什麼罪啊？我們是自己決定自己的生存之道。」

真是這樣嗎？迪歐不禁納悶起來。

「不是『順應天命』嗎？」

「那是姊姊的想法。蝴蝶將會以哪吒的身分成為龍家族的守護神，而我則是為了我自己，為了獲得自由而戰！」

「而且是一邊唱著『滴答，滴答』一邊戰鬥是嗎？」

「滴答……？」

「妳剛剛不是在這裡唱歌嗎？」

妹蘭連忙把手上的小花塞進口袋裡。

或許是心理作用吧，她的臉頰看起來有點紅。

「那是母親曾經唱過的搖籃曲。因為歌詞太古老，我根本聽不懂意思。」

聽到她這麼說，迪歐臉上立刻露出惡作劇的笑容，同時說道：

「那要不要我教妳？」

「不必了。」

她很乾脆地拒絕。

「我只是為了平復心情才唱，不用知道歌詞是什麼意思啦。」

看來她唱歌的理由，似乎和父親龍獠牙拉二胡一樣。

那把二胡就放在獠牙以前經常坐的地方，當成他的替身。

迪歐與妹蘭沉默地盯著那裡好一陣子。

接著蝴蝶出現了。

她是去和位於L-1殖民衛星的叛亂軍本部進行定時連絡。

「聽說聯合國軍的塞普提姆已經到月球基地！而且提前公開處決的日期！」

原本預定執行處決的日期是十五日，現在卻要提前兩天。

「我們這邊隨時都能行動，但阿爾緹蜜斯他們那邊趕得上嗎？」

「時機似乎不妙呢……」

這樣回答的蝴蝶，不安全寫在臉上。

「是嗎？」

這時妹蘭突然又輕輕唱起歌來，而且還是那首歌。

迪歐露出一副鑽牛角尖的表情說：

「沒問題的……我們現在只能相信對方了。」

月球「寧靜海」聯合國軍基地

抵達這裡的不只有塞普提姆。

OZ特務部隊的一級特校特列斯．克修里納達也抵達了。

他在思考該如何中止完全是塞普提姆獨斷獨行的公開處決俘虜這回事。

「塞普提姆將軍，您作好獨自承受所有殖民地居民憎恨的心理準備了嗎？」

在月球基地的大會議室裡，聯合宇宙軍的首腦群齊聚一堂。

「憎恨？殖民地那邊打從一開始就是這樣看待我們的吧。你把責任都推給我，實在太不合理了。」

塞普提姆完全沒把特列斯的諫言聽進去。

「不過既然身為軍人，我就不會逃避責任——我打算這樣對卡塔羅尼亞和諾邊塔兩位將軍說明。」

「您根本不懂，這會引發一場漫長的戰爭啊。」

「這不是開始，只不過是個中繼點。我們與反聯合國陣營打仗已經超過五十年了吧。」

雙方的論點完全是牛頭不對馬嘴。

「公開處決將在明天進行！」

克拉連斯將軍也接受塞普提姆的主張，簽署正式公文，批准這場公開處決。

特列斯對仍然感到失望的部下們分派了月球基地周邊的警戒工作。

「要引發一場戰爭可說是輕而易舉，但要結束它，就非得奪走成千上萬的人命，殺得血流成河不可……我知道會這樣，明明知道會這樣卻——」

這場悲劇拉開了序幕。

以這件事為開端而爆發的地球圈戰爭，一路延燒的戰火一直持續到五年後的A C 195年的「E V E W A R S」。

特列斯感覺自己心中的失望已跌落谷底。

站在這樣的他背後，柯蒂莉亞上尉輕聲對他說：

「特列斯閣下……」

「『閣下』這兩個字就免了，我不過是個特務部隊的校官。」

「不，請讓我以『閣下』來稱呼特列斯特校。其實我有事想和您商量。」

柯蒂莉亞把在塞普提姆面前隻字未提的最新情報，全盤告知特列斯。

那是叛亂軍艦艇的詳細位置。

並且，她還提出基於這些情報來設想的戰略與戰術上的進展。

這種經過詳細調查後進行的精確情報分析，令特列斯十分佩服。

「我以前應該見過妳吧？」

「是，在三年前發生殖民衛星墜落事件時。」

「妳是那時的管制官啊……記得名叫柯蒂莉亞——」

「是柯蒂莉亞．菲茲傑拉德上尉，閣下。」

「妳記得還真是清楚，真是位優秀的女性軍官。」

「這樣的稱讚我愧不敢當。我也衷心欽佩您清廉潔白的作風。如果閣下有什麼吩咐請盡管開口，不論是什麼命令都可以。」

「那我恭敬不如從命，有件事想拜託妳。」

特列斯一臉沉痛地接著說下去：

「能不能把在這次戰爭中的死亡人數和所有人的姓名都告訴我呢？」

「陣亡者的名字？這有什麼用意嗎？」

「我非得把他們牢牢記住不可，因為我必須為他們所有人的犧牲負責。」

柯蒂莉亞無法理解其中深意，但她依然忠實地執行了這道命令。

而且在「ＥＶＥ ＷＡＲＳ」中也和地球圈戰爭期間一樣，這道命令一路貫徹到特列斯戰死時。

＊

ＯＺ特務部隊的索拉克．迪布琉克特士遵從特列斯的命令，率領駕駛「格萊夫」（里歐Ⅳ型）的護衛部隊（五架編制）前往「寧靜海」的西南部。

他們的任務是就這樣直接前往位於「寧靜海」西南部的「酒神海」的邊界去站崗。

索拉克得知隸屬聯合國軍的十架編制尼米亞（里歐Ｖ型）威力偵察小隊已經突進到「酒神海」的深處了。

「尼米亞部隊，你們沒必要到『酒神海』偵察……馬上回基地去吧。」

但是尼米亞部隊沒有回答。

「怎麼了？你們都在打瞌睡啊？」

別說是隊長機，連其他九架統統都失去連絡了。

索拉克心裡頓時戒心大起，率領部下們前往「酒神海」。

在沒什麼起伏的廣闊大地上，直立不動的十架尼米亞都聚集在同一個地方。

索拉克主動靠近尼米亞部隊。

他看到這些機體時大吃一驚，因為所有尼米亞的駕駛艙都有被光束射穿的痕跡。

「這……這是……」

駕駛這些機體的駕駛員全部陣亡，尼米亞部隊就這樣站著被殲滅了。

「有敵人！附近有狙擊手！」

索拉克立刻率領部下，在維持警戒狀態的情況下後撤。

位於「酒神海」東邊的庇里牛斯山全長１６４公里，標高２２００公尺，展現出絕不遜於地球上同名山脈的堂皇英姿。

在半山腰上，有用迷彩斗篷遮蓋未完成機體的飛翼鋼彈，以臥射姿勢架起巨型步槍。

坐在駕駛艙裡的正是BETA。

他把步槍的出力焦點收縮到極限，藉以提升貫穿力並拉長射程；並且登入電腦的記憶資料借用「亞汀．羅的狙擊技巧」，仰仗它來狙擊尼米亞部隊。

BETA原本的打算，是當索拉克的格萊夫部隊有繼續南下前往數公里外的「卡達利那環形山」的跡象時，就毫不猶豫地扣下扳機。

「你們撿回一條命啊……這傢伙的直覺還滿靈光的。」

他悠哉地目送對方離開，同時把手指從扳機上移開。

與其重創敵機，不如直接狙擊駕駛艙來解決掉駕駛員，這樣給對方的心理壓力還比較大。

他的腦海裡浮現了「剛開始每個人都是這樣」這句話。

「從第二次以後就會越來越輕鬆了。」

過去亞汀就用這句話來安慰BETA，他卻完全沒有這種感覺。

「就算習慣了這種事，但也輕鬆不起來啊。」

這是BETA第二次企圖殺人，而且這次他一口氣殺掉了十個士兵；即使如此，

他還是覺得這樣做比讓里歐消失的負擔要小多了。

「看來我還是很在意塞斯・克拉克。」

他自己也無法分析這種心情。這幾個月以來，BETA的精神上產生破綻。

『BETA，目前原型零式仍然下落不明。』

通訊機裡傳來J博士的聲音。

『果然是你讓ALPHA逃走的吧？』

「我什麼都不知道。」

BETA很粗魯地答道。

「而且，是你自己說『只需要一名鋼彈駕駛員』這句話吧？」

『哼，你這傢伙真夠狡猾。』

J博士很不滿地切斷了通訊。

「這是我要說的話。」

BETA對發出一片雜音的通訊器喃喃自語。

但是J博士並沒有再責備他，也沒有繼續追究下去。

這種不拘小節的寬容與幾近不可能的乾脆放棄，以一種很奇妙的形式讓BETA那露出破綻的精神適應了。

AC-190 March 14

在巡洋艦Ｊ．巴里號的簡報室裡開了一場緊急會議。

既然公開處決要提前進行，雖說無法否認他們還是準備不足，但也只能開始攻略要塞巴爾吉了。

ＡＣ１８６年時，阿爾緹蜜斯等人曾經嘗試以ＭＳ包圍要塞後進攻的情形，就作為這場會議的參考資料在螢幕上放映出來。看到最後，巴爾吉砲發射並一口氣消滅了二十二架「舒巴爾茲．格萊夫」時，在場所有士兵都一臉愕然。

「不可能！絕對不可能！光靠ＭＳ要怎麼攻陷這種要塞啊？」

身為巴爾吉攻擊隊隊長的特洛瓦．巴頓已經怕得渾身顫抖了。

以觀察員身分在場列席的副官坎斯，看到德基姆這個膽小的兒子就不由得氣餒起來。

——真是的，我們非得把未來託付給這麼沒出息的傢伙嗎？

在叛亂軍中有個傳言，說特洛瓦將會成為下一代的領袖。

——我實在看不出來，他哪裡配得上這個頭銜。

這是坎斯最直接的感想。

他和看到這段影片的同時，還能冷靜地分析戰況的傑克斯．馬吉斯實在差太多了。

「別擔心，特洛瓦。我們已經想出封鎖巴爾吉砲的辦法了。」

S博士為了讓驚慌失措的特洛瓦冷靜下來而發話：

「只要破壞主砲發射口內部的核心，就能讓它失靈；這一點三年前已經實際驗證過了。」

接下來放映的影片，就是原型零式以劍型矮星發射的細小光束，讓巴爾吉砲以無法發射告終的影像。這一槍之精準，堪稱奇蹟。

「你的座機不僅同樣是鋼彈尼姆合金製ＭＳ，而且論武器運用能力，是比原型零式更高的普羅米修斯啊。」

「可是！」

特洛瓦開始拚命狡辯：

「要是巴爾吉砲在我開火前先發射，那不就什麼都完了嗎？」

「這是當然……所以你要在對方開砲前先開火！別忘了這點啊，特洛瓦‧巴頓隊長。」

「……………」

特洛瓦哭喪著臉，對正在整備普羅米修斯的無名氏說話：

「無名氏，普羅米修斯的射程距離有多遠？」

「導向飛彈的話，最遠應該是４５００公尺，不過命中精度會大幅下降。」

無名氏一臉冷漠地說道。

「想要進行有如穿針孔般的高精度射擊的話，那得靠多近啊？」

「那根本就不是該用普羅米修斯來打的戰鬥。」

「你也有同感嗎？」

「聽起來像個有勇無謀的任務。」

「該怎麼辦？我該怎麼辦才好啊？」

「你只有一條路可走。」

無名氏覺得這個畏縮的傢伙實在很可憐，覺得無可奈何。

「就是由我代替你駕駛普羅米修斯。」

他此時的心情，很像在奧斯卡．王爾德的《快樂王子》裡登場的那隻燕子。

「由你駕駛？」

「是啊……只有在戰場上，我才有一席之地。或許那裡才是我的歸宿吧。」

「寧靜海」上空１５００公里處的空域

叛亂軍的大型ＭＳ運輸艇正在飛行。

搭乘這艘船艦的，是阿爾緹蜜斯派的士兵們。

阿爾緹蜜斯坐在舍赫拉查德裡，聚在她身邊的傑克斯和艾爾維則是駕駛舒巴爾茲・格萊夫。

要用來奇襲月球「寧靜海」基地東北部的主力，就是被調度過來的五十架尼米亞（里歐Ｖ型）。

「雖然再有一天就能調度一百架，不過我可不能提這麼奢侈的要求啊。」

他們也不否認由於出擊預定時間提前，導致我方準備不足。

「我們應該優先阻止俘虜被處決。」

傑克斯開口了。

「要救他們的話，我們也不得不蠻幹一些了。」

「傑克斯，目前ＯＺ特務部隊駐紮在月球基地喔。這趟出擊對我們來說，或許負荷太重了。」

艾爾維直接說出自己對迫在眉睫的「違反自己意願的戰鬥」的擔憂。

傑克斯以強烈的決心發話。

「艾爾維，即使要和特列斯他們交戰，也千萬不可以猶豫。」

過去特列斯親口對他說「戰鬥中千萬別猶豫」這句話。AC186年，攻打摩加迪休時，他還說過「因為這才是邁向榮耀的正道」。

但是傑克斯卻沒能好好實踐這些教誨。

「以前我曾經猶豫過好幾次，造成許多人陷入哀痛；所以這次我不會再迷惘了。」

「你是說凱薩琳．鮑醫生的事嗎……」

「不，不只是她……」

傑克斯開始回顧過去。

他一路走來，始終都只聽到悲傷的協奏曲。

「而是我以前邂逅的所有人。」

他的腦海裡浮現了艾因．唯、露克蕾琪亞．諾茵、莎莉．鮑、伊莉亞．溫拿的臉。

「出擊了！小子(尼米亞)們要跟上啊！」

舍赫拉查德裡的阿爾緹蜜斯突然發下命令。

接著，兩架舒巴爾茲·格萊夫和五十架尼米亞陸續開始向月球「寧靜海」降落。

＊

「阿爾緹蜜斯出擊了！」

蝴蝶拿下頭上的耳機大喊。

「很好！我們也開始行動吧！」

迪歐一臉開朗地回應她。

「請再等一下，父親。」

妹蘭懷著殷切的心情，喃喃自語著。

同時，原本在「寧靜海」基地西南部待命的小型運輸艇也出發了。

因為這艘船在月球的白天太過顯眼，他們在ＥＣＭ（電子干擾）防護和光學迷彩並用的情況下，才突破了聯合國軍的警戒網。

機庫裡的鋼彈尼姆合金製ＭＳ「魔王」，在寂靜的黑暗中動也不動地待命。

ＯＺ特務部隊的布羅汀·迪耶斯二級特尉率領的艾亞利茲宇宙型部隊（八架編制）正前往「寧靜海」西南部。

他們的目的是要和從「酒神海」撤退的索拉克部隊會合。

他們很有可能剛好撞見迪歐等人搭乘的小型運輸艇。

不過這艘運輸艇的匿蹤功能相當優秀，加上布羅汀的艾亞利茲部隊正急著趕路。

結果在場的雙方還是相安無事，各自朝自己要走的方向前進。

*

當索拉克部隊回到「寧靜海」時，發現在正面略微隆起的山脊上有架深藍色MS從容地站在那裡。

「藍色的格萊夫？」

索拉克一開始是這樣想的。

不過那其實是托爾吉斯的原型機，也就是由張五飛駕駛的「始龍」。

托爾吉斯始龍裝備了名叫「四獸」的武裝。

「我名叫張五飛，依照道義前來制裁你們。」

在五飛平靜地發出宣言後，托爾吉斯始龍就對上了五架格萊夫。

一道蒼藍雷光在「寧靜海」上疾馳，而且速度快得驚人。

機體背後的肩掛背包裡裝了名叫「朱雀」的高出力推進器。

駕駛艙裡的五飛拚命忍受迎面而來的強烈加速度G力。

這股壓力之強，換作一般駕駛員，恐怕肋骨早就折斷，內臟壓潰了吧。

但是，他的身體強韌到足以堪稱為特殊體質。

這就是O老師會選五飛擔任駕駛員的理由。

之前能駕馭這架機體的人，只有身為強悍武者的龍獠牙。

O老師以獠牙的身體資料為基礎，藉以找到了五飛。

托爾吉斯始龍闖進兩架格萊夫之間，然後立刻亮出實劍型的鋼刀「白虎」將敵機的機體俐落地一刀兩斷。

索拉克拔出光劍，從背後偷襲始龍。

然而始龍卻迅速壓低機體，並以超硬質防禦圓盾「玄武」架住光劍；接著還反過來以「白虎」一刀刺穿了格萊夫的頭部。

接下來，托爾吉斯始龍把折疊後收容在圓盾「玄武」背面的光束大刀「蒼龍」拉長，並進一步把「白虎」裝在刀柄上，當場造出一把雙頭長柄刀，將其高舉過頭迅速旋轉。

它就這樣直接向僅剩的兩架格萊夫突進，下一瞬間就是一刀斜劈。

雖說格萊夫被稱為「回歸托爾吉斯設計概念的里歐」，但它在自己擅長的近身戰中，從來沒被人壓著打到這種程度。

這是托爾吉斯始龍的高性能和五飛的高明操縱技術帶來的結果。

而且格萊夫的駕駛員都保住了一條命。

所有機體的駕駛艙遭到的攻擊手法，都精湛到只能以「間不容髮」來形容，也就是點到為止。

可以說，這簡直實踐了「由神來裁決人的生死」這句話。

格萊夫的駕駛員們不只輸了戰鬥，連在精神上都輸得很徹底。

事後，索拉克特士表示：「對方彷彿是在告訴我們，即使要忍受在這一戰中敗北的屈辱，也要活下去啊。」

然而五飛心裡並沒有半點「因為獲勝而產生的滿足」。

「即使武道登峰造極，也只會感到空虛……這和雜耍藝人在表演雜技有什麼兩樣？」

對於他這個疑問，O老師透過通訊機回答了。

『如果你上戰場是為了「必勝」，這樣是無法注入靈魂的。想讓武道登峰造極，「失敗」才是關鍵。』

O老師躲在停泊於鄰近環形山的長程運輸艇裡，觀察五飛的戰鬥情形。

「你是叫我故意在戰鬥中輸掉嗎？」

五飛理所當然地發問了。

『我不是這個意思。你就照以前那樣一路贏下去吧，不過當你「失敗」時，之後才會開始真正的戰鬥。』

「哼……我可不認為自己會碰到那種情形。」

幾分鐘後，托爾吉斯始龍的上空出現八架艾亞利茲宇宙型。

那是布羅汀二級特尉的部隊。

五飛確認過後，就和剛才一樣開始自報家門了。

「我名叫張五飛。在正義之名下，我不會逃也不會躲。」

到這裡為止他還說得很平靜，但接下來就突然慷慨激昂地吶喊：

「如果你們是不怕這架始龍的勇者，要從哪邊放馬過來都行！」

布羅汀下令所有艾亞利茲宇宙型一起發動攻擊。

雖然對方陸續發射對地飛彈攻擊，托爾吉斯始龍完全不為所動。

高出力推進器「朱雀」發動了極限噴射。

月球表面的沙塵在廣範圍內四處飛散。

托爾吉斯始龍飛上空中，以超高速抵達了艾亞利茲的高度。

同時它以裝備了光束大刀「蒼龍」與鋼刀「白虎」的長柄刀，一口氣把四架敵機劈成兩半，還發射了「蒼龍」上的光束砲打穿逃走的那一架的頭部。

五位艾亞利茲駕駛員都用個人飛行器逃離了。

在此同時，五架艾亞利茲也都爆炸了。五飛則是一臉冷靜地遠眺這一幕。

「……」

然而這一戰給身體的負擔，遠超過他的想像。

「呃啊。」

他突然吐出拳頭大的血塊，還因為加速的G力馬上被彈飛到自己身後。

身體裡的骨頭和內臟違背了他的意志，一起發出慘叫。

「嗚，我的極限就這種程度嗎……」

另一方面，布羅汀眼看才過了區區幾秒，自己的部隊就有超過一半的機體無法再戰，這種情形令他不寒而慄。

「這是哪門子機動性啊！叛亂軍有這種機體，就表示……」

我方有必要重整旗鼓。

布羅汀立刻下達「全機散開，撤退！」的命令。

「想逃嗎？」

五飛以輕蔑的語氣問道。

「你叫張五飛是吧。我絕不會忘記！」

布羅汀說完這句話後，他也自報名號：

「我是ＯＺ特務部隊二級特尉布羅汀．迪耶斯……我們後會有期！」

托爾吉斯始龍降落到地上，並目送艾亞利茲宇宙型部隊離去。

要是追擊，就有可能把對方統統擊墜。

但他認為逃走的敵人不值得讓他賭命。

五飛擦了擦自己的嘴角。

「哼，這次是我放你們一馬吧。」

他的手背上留下黑色的血跡。

而五飛以鋼彈駕駛員的身分再度遇上布羅汀二級特校，則是在那之後過了很久的事。

＊

阿爾緹蜜斯．瑟帝奇率領的強攻部隊開始攻擊位於「寧靜海」的月球基地東北部。

剛開打時，駕駛舒巴爾茲．格萊夫的傑克斯和艾爾維的猛攻相當有效。

艾爾維用大口徑多佛槍打碎了防禦壁。

在站崗的五架里歐，也被傑克斯以光劍二刀流瞬間解決。

隨著警報響起，他們眼前出現近百架的里歐護衛部隊。

但是舍赫拉查德與五十架尼米亞組成的紡錘陣形，成功從敵陣中央一口氣突破，攻進了基地內部。

這股氣勢和先前普羅米修斯與阿庫拉部隊的突襲如出一轍，但雙方有個明確的差異，那就是阿爾緹蜜斯等人的目的是為了解放俘虜。

既然他們身為佯攻部隊，那麼這邊的戰鬥打得越熱鬧越有效。

月球基地的戰力也因此大部分都集中到東北部了。

＊

基地裡的聯合國軍高層個個驚慌失措。

他們把基地裡所剩的兵力統統集結，再派往遭到攻擊的基地東北部。

而且他們完全不經大腦思考，就把目前還在修繕外裝的兩艘巨型月球戰艦「凱龍號」與「人龍號」派到前線去了。

聽過諾茵報告這件事後，高層們的無能令特列斯不禁仰天長嘆。

「派出還沒修好的戰艦，是能做什麼？」

「在那之後，塞普提姆將軍似乎下令要塞巴爾吉移動了。」

「愚蠢……不過這種程度的突襲，就要投入聯合宇宙軍的所有戰力嗎？」

而且下這道命令的罪魁禍首塞普提姆已經逃離這座基地了。

最令人擔心的，就是他有可能用要塞上的巴爾吉砲砲擊這座基地。

塞普提姆向來為了獲勝而不擇手段，完全可以想像會這樣做。

看來他想打的，是特列斯最厭惡的「沒格調戰鬥」。

「諾茵特士，妳能和泉特士一起上宇宙嗎？我們絕不能讓巴爾吉砲開火。」

「遵命。」

諾茵立刻回答，但同時她也沒忘了確認命令：

「這樣做真的好嗎？」

「就由我來當傑克斯與艾爾維的對手吧。再說，敵軍司令阿爾緹蜜斯可是我的宿敵呢。他們就統統交給我來應付吧。」

當特列斯要坐進身為他愛機的純白色格萊夫時，柯蒂莉亞趕到了現場。

「請您等等，閣下！請讓我也和特列斯閣下一起上陣吧！」

「不行，柯蒂莉亞上尉。我不能讓妳這位女士做這種事。」

「不，我認為正因自己身為女士，更是非戰不可。」

聽到這句話後，特列斯的臉上浮現微笑：

「那好吧，柯蒂莉亞女士。我允許妳駕駛ＭＳ出擊。」

「非常感謝您。」

＊

在開始移動的要塞巴爾吉前方，有巡洋艦Ｊ．巴里號率領的叛亂軍艦隊擋住去路。

剛開始是由驅逐艦展開砲擊，接著是從運輸艇上飛出的一百架阿庫拉一字排開，同時開火。

位於隊列正中央的是從Ｊ．巴里號上出發的普羅米修斯。

這次普羅米修斯的戰法和以前截然不同。

若是最害怕中彈的特洛瓦．巴頓，他就會立刻發動全彈發射這種有勇無謀的攻擊。

但是現在普羅米修斯卻以考量到火力分配的有效射擊對巴爾吉開火。

阿庫拉隊的駕駛員們根本沒發現無名氏和特洛瓦交換了。

「特洛瓦隊長也知道該幹的時候就要使勁幹啊！」

駕駛員們自然也遵從普羅米修斯的攻擊方式，展開有規律的波狀攻勢。

如果魯莽地一起亂射，只會浪費大量彈藥；為了避免這點而集中火力，就能有效率地命中目標。

要塞巴爾吉遭到命中率極高的砲擊後，就將要塞本身傾斜，企圖使用主砲來對抗。

無名氏對往左右散開的阿庫拉隊下令。

「全機一起射擊，暫停一百八十秒！」

同時普羅米修斯也單槍匹馬往要塞巴爾吉飛過去。

阿庫拉隊的駕駛員們都很欽佩這種勇猛果敢的行動。

之前在高加索山進攻時一直待在最安全的後方，撤退時也跑第一的機體，這次居然擔起最危險的任務。

「特洛瓦隊長是打算剝奪巴爾吉的戰力吧。」

無名氏駕駛的普羅米修斯鑽進打開砲門的巴爾吉砲內部。它架起巨大十字架型重機砲，瞄準正在填充能源的主砲核心。

「都靠這麼近了，就算閉著眼睛也能打中啊。」

無名氏說出這句話後，還真的閉上眼睛扣扳機；這一砲漂亮地破壞了核心。

「接下來就用這個十字架來解決吧。雖然這樣說很失禮，但是我不太中意這挺重機砲。」

無名氏對十字架的印象很差。

之前在地球上時，那個叫米蒂的少女用的追蹤發信器就是裝在十字架裡。普羅米修斯設定好裝在巨大十字架型重機砲裡的定時炸彈後，就逃到要塞外面了。

接著巴爾吉砲發出耀眼的閃光，產生大爆炸；號稱易守難攻的要塞巴爾吉也因此半毀了。

諾茵與泉兩人在小型太空梭上目睹了近在眼前的這一幕，他們都為之戰慄。

「怎……怎麼會這樣……」

「這就是聯合國軍完蛋的那一瞬間嗎？」

泉很率直地說出了他的感想。

「我希望這也能成為戰爭的結局。」

諾茵則說出不可能成真的期望。

第二次月球戰爭仍然持續打下去，並在之後大約半年間演變成局部戰爭。

要塞巴爾吉半毀這項損害，對聯合國軍來說可是十分沉重的打擊。

之後的月球戰爭裡，這座要塞完全無法擔負任何攻擊任務。

叛亂軍的戰力雖少卻能占到上風，這毫無疑問是無名氏的功勞。

但是日後當無名氏自稱T博士並再度製造普羅米修斯時，他對這次行動卻深感後悔。

巨大十字架型重機砲對普羅米修斯來說是必要的裝備，於是他只能一邊苦惱一邊再度設計並製造這玩意兒。

「我因為年輕氣盛而做了蠢事啊。就這點來看，我和那個膽小的特洛瓦．巴頓也沒什麼區別。」

月球基地西南部

蝴蝶和妹蘭駕駛的四足步行型ＭＳ「魔王」將其匿蹤功能發揮到極限，破壞了位於「寧靜海」西南部刑場的圓頂並潛入內部。

迪歐駕駛的月球越野車也穿過「魔王」交叉的腿部，衝進建築物裡。

由於原本應該在這裡看守的士兵全都被調去防守基地東北部，眼下迪歐才能順利衝過沒有半個人的迴廊。

駭進電腦裡解除保全系統，也是迪歐的看家本領。

他立刻就摸清楚監禁獠牙等預定將被處決的囚犯的牢房情形。

「我來救你啦，大叔！」

待在牢房裡的獠牙一副已經作好慷慨捐軀的表情。

「你在幹嘛，動作快點啊！」

「迪歐，很抱歉我給你們添麻煩了……不過我打算就這樣被處死啊。」

「話先說在前頭，我最討厭兩種東西了！那就是番茄三明治和不把自己的性命當回事的傢伙！」

迪歐硬把獠牙拉出牢房，還強迫他穿上太空服。

其他四位預定要被處死的囚犯也同樣被解放，坐上月球越野車的後座。

「妹蘭、蝴蝶！我依照約定把大叔救出來啦！」

『謝謝，迪歐！』

從無線電裡根本聽不出這句話是姊妹中的誰說的。

「敵人的動向呢？」

『這邊的戰線上，目前還沒有明顯的動作。』

「知道了！妳們倆也別大意啊！」

＊

在月球基地東北部的戰鬥中，雙方持續展開拉鋸戰。在過了大約兩個小時後，叛亂軍的尼米亞已經減少到剩下三十架。

再加上自特列斯以下的ＯＺ特務部隊的精銳參戰，戰況更是大大地往聯合國軍這邊傾斜。

「差不多是時候了。」

舍赫拉查德裡的阿爾緹蜜斯說道。

幾分鐘前，她已經收到預定被處死的人都獲救的報告。

可以說不只佯攻成功，原本的目的也達成了。

要脫離戰線的話，他們也準備利用已經從聯合國軍那邊搶過來的巨型月球戰艦

「凱龍號」與「人龍號」作為撤退方法。

「雖然對方不會放我們順利逃走就是了。」

她覺得眼前正在奮戰的純白格萊夫與紫色奇美拉實在很棘手，但也無可奈何。

那是特列斯和柯蒂莉亞的座機。

舍赫拉查德在前線打過頭了，機體上的損傷超過百處，還導致動作遲緩。

「阿爾緹蜜斯司令，這裡請交給我們吧。」

發出這道通訊的是駕駛舒巴爾茲・格萊夫的傑克斯。

「就由我們來負責殿後。」

駕駛同型機的艾爾維也開口附和。

「雖然我很感激你們能這麼說……不過嘛……」

由於撤退時落在最後面的人，「陣亡」機率相當高，所以非得由部隊中最強悍的士兵負責殿後。

當然這兩位勇者絕對夠資格，這點無庸置疑。

然而他們原本是ＯＺ的軍官，要和以往的同僚交戰，不會猶豫嗎？

即使不是阿爾緹蜜斯，換個人也同樣會這樣想吧？

「不必擔心。」

傑克斯露出了冷澈的眼神。

「我們一定會阻止特列斯．克修里納達的追擊給妳看。」

「可是，你們應該沒有理由做到這個地步吧？」

他們原本是叛亂軍的俘虜。既不可能對反聯合國的思想產生共鳴，也不是殖民地出身的人。

受金錢僱用的前線士兵會考量叛亂軍整體來行動，這種情形可是相當罕見。

「我們隸屬叛亂軍的時間，可是比在ＯＺ更長喔。」

「和你們相處的這幾年，感覺還不錯啊。」

艾爾維露出了看起來格外耀眼的笑臉。

阿爾提蜜絲對兩人敬禮，同時說道：

「謝了！你們一定要活著回來啊！」

最後她還拋了個媚眼。

舍赫拉查德和只剩三十架的尼米亞部隊開始撤退。

月球基地西南部

迪歐開著月球越野車跟在「魔王」後面，一路衝向停泊在「寧靜海」某處，不知名環形山上的小型運輸艇。

然而在他們上空出現三架艾亞利茲宇宙型。

那是為了重整旗鼓而正在返回基地的布羅汀部隊。

月球越野車上可沒有匿蹤功能，於是迪歐頓時慌張起來。

「被敵人發現了！結果大意的反而是我嗎？」

「能甩掉對方嗎？」

獠牙發問了。

「到運輸艇停泊的環形山還有一段距離啊！我只能盡量試試……」

這時，蝴蝶和妹蘭駕駛的「魔王」趕來救援了。

『快走吧，父親！』

『我們會把敵機引開！』

她們關閉了匿蹤功能，並刻意做出會讓艾亞利茲把她們當成目標的舉動。

布羅汀發現新出現的ＭＳ，心裡湧出一股很不尋常的緊張。

「又是沒登錄的ＭＳ嗎？」

他可不能讓部隊的人數再減少了。

他想以威嚇射擊來牽制對方，並盡快趕回基地。

不經大腦就隨意開戰肯定會自討苦吃，這就是布羅汀的想法。

「各機要避免無謂的戰鬥，以返回基地為最優先！」

然而他的部下中有兩個人不但年輕氣盛，而且對ＯＺ格外忠心耿耿。

「身為ＯＺ的士兵，不能連打都不打就回基地！」

「這樣我們有什麼臉去見特列斯特校？」

兩架艾亞利茲立刻下降，開始攻擊月球越野車和「魔王」。

「我們分兩路進攻！」

「快去救父親！」

「魔王」一邊閃避艾亞利茲的飛彈，一邊衝過去要解救月球越野車。

飛向越野車的那架艾亞利茲見狀，立刻急轉爬升往「魔王」反轉迎擊。

故意讓對方看到他們分兩路進攻，其實是用來引誘「魔王」的陷阱。

這下它陷入遭到夾攻的情況。

反轉的那架艾亞利茲在雙方就要擦身而過時，以光束步槍展開掃射。

駕駛艙裡響起提示異狀的警報。

在後座操縱對空砲的妹蘭瞄準那架打帶跑的艾亞利茲。

同時她也把追擊的那一架套進了瞄準環裡。

「目標鎖定！發射！」

兩發導向飛彈應聲射出。

兩架艾亞利茲宇宙型都被妹蘭射出的飛彈擊落了。

布羅汀也只能把遺憾放在心裡，操控艾亞利茲回到返回基地的航線上離開。

這個攻擊時機可說相當幸運。

然而福因禍生，禍藏於福。

「成功了，姊姊！」

駕駛艙裡仍然響著警報，然而操縱席上的蝴蝶卻沒有回答。

「妳怎麼了？」

妹蘭從後座搖了搖蝴蝶。她的身體就在機體的震動下，突然無力地癱軟。

這時妹蘭才發現，駕駛艙前方的強化擋風玻璃上被光束步槍開了個洞。

「騙人的吧！蝴蝶！」

蝴蝶已經香消玉殞了。

艾亞利茲那一槍射穿了強化擋風玻璃和蝴蝶的太空服。

她之所以會死，則是氣壓驟降和溫度變化等要素疊加影響的結果。

她死得非常突然，連遺言都沒來得及留下。

「姊姊——！蝴蝶——！」

妹蘭完全失去冷靜，反覆吶喊著姊姊的名字。

月球基地東北部

傑克斯與艾爾維駕駛的兩架舒巴爾茲・格萊夫擋住聯合國軍大部隊的去路。
敵機數量超過兩百架，論戰力是傑克斯他們的幾十倍。
他們受命追擊企圖讓所有機體都撤退的叛亂軍。
「這次搞不好真的會死啊。」
艾爾維嚥了口口水。
「我已經作好心理準備了。」
當傑克斯說完這句話後就要衝過去時——
「等一下！」
出聲阻止的，是將前鋒的里歐往左右排開後現身的純白格萊夫。
「為了向叛亂軍的勇者致敬，我提議一對一決鬥！我是ＯＺ特務部隊一級特校特列斯・克修里納達！」

「我接受這場決鬥！」

傑克斯立刻回答。

這樣就能替撤退的叛亂軍爭取時間。

傑克斯暗暗感謝因為關照他們，而故意讓他們這樣做的特列斯。

「很好！其他人統統不准出手！另外，就以這一戰來決定雙方的勝負！不許對這場戰鬥的勝利者有任何報復行為！如果有人有異議，現在立刻說出來！」

特列斯高聲發出宣言。

艾爾維沒有異議，柯蒂莉亞也一樣；其他聯合國軍士兵則是被特列斯震懾住，完全說不出話。

現場的沉默維持了好一陣子。

「那我們就開始吧。」

「……」

傑克斯機與特列斯機的決鬥開始了。

黑色與白色的格萊夫展開激戰。彼此的光劍你來我往，爆出耀眼的閃光。

「我從沒想過有一天會和你交戰。不過在這純粹的戰場上不需要猶豫！我會使出渾身解數來當你的對手！」

「我本來就是這樣打算才出現在這裡！讓我好好見識一下在OZ裡根本不會有的血腥戰法吧！」

雙方的戰鬥有時宛如優雅的舞蹈，有時彼此激戰打得精彩萬分。

雖說論劍技是特列斯獲勝，但論MS駕駛技術則是傑克斯占優勢。

這場對決宛如無止境般持續下去。

周圍的人們也只能旁觀這場死鬥。

月球基地西南部

由於蝴蝶的遺體還踩著加速踏板，使得「魔王」就這樣在「寧靜海」的大平原上直線前進。

而妹蘭則陷入了恍惚狀態，完全沒有動作。

「是我害死了姊姊。因為我光顧著砲擊而完全沒發現異狀……我就這樣去死算了……」

眼下機體的速度要說失控也不為過。

而要設法讓它停下來的則是迪歐。

他先把月球越野車開進小型運輸艇裡，之後就立刻出發去追趕「魔王」。

蝴蝶已經去世這件事，他聽通訊機裡妹蘭的叫聲就知道了。

迪歐把小型運輸艇開到「魔王」的正上方，然後跳過去。

他攀在駕駛艙外，打開強化擋風玻璃後，把操縱席上的蝴蝶放在自己的大腿上，然後踩下剎車踏板。

「魔王」周圍恢復了寂靜。

面對死去的蝴蝶，迪歐凝視她的臉，喃喃自語：

「……這就是戰爭嗎……」

剛剛還和自己跟平常一樣交談的人突然就被殺了。她既沒有任何覺悟，也沒有恐懼與哀傷。

「她最後的遺言是『快去救父親』。」

恢復冷靜的妹蘭，用毫無抑揚頓挫的聲音這麼說。

「妳沒事吧，妹蘭？」

「以後別再用那個名字叫我……因為我要繼承姊姊的遺志。」

「那我該怎麼稱呼妳？」

妹蘭把之前放在口袋裡的小白花放在蝴蝶的胸口。

「叫我『哪吒』吧……我再也不唱『滴答，滴答』這首歌了。」

月球基地東北部

傑克斯和特列斯的決鬥終於要有結果了。

舒巴爾茲．格萊夫的動作慢得有如拖泥帶水，這點相當明顯。
看來因為連續幾次激戰，機體開始失靈了。
再加上光劍因為出力降低，導致刀身略微縮短。
純白格萊夫並未忽略這一點。
特列斯看準這微妙的時機，一口氣衝進傑克斯機的懷裡。
純白格萊夫迅速施展一記十字斬，將舒巴爾茲．格萊夫的雙臂砍斷；雙方就在這一瞬間分出勝負。
「我……我輸了……」
傑克斯因戰敗的屈辱而顫抖，
「給我最後一擊吧……」
然而純白格萊夫卻收起光劍：
「真是一場好決鬥……」
特列斯完全沒有任何要炫耀勝利的模樣，還對傑克斯說：
「傑克斯．馬吉斯……你的戰鬥果然能讓我鼓起勇氣。請你務必要回到ＯＺ，你意下如何？」

「可是……」

「露克蕾琪亞・諾茵也在等你回來喔。」

「……」

「今後你就和我一起，讓腐化的聯合國軍從內部崩潰吧。」

「我可以相信你這句話嗎？」

「當然可以……今後的歷史需要你，還有你的力量。」

傑克斯就這樣回到特列斯的麾下。

艾爾維也理所當然地一起回到ＯＺ特務部隊。

柯蒂莉亞看到特列斯戰鬥的模樣後，更加欽佩起他。

「特列斯閣下，贏得漂亮。」

「柯蒂莉亞女士，贏的不是我，而是這架白色的里歐。」

「是……」

「妳駕駛ＭＳ的技術也相當優秀呢。如果可以，我希望連妳也招攬到我們ＯＺ

特務部隊來啊。」

「還請您務必讓我加入。」

「接著還有一件事……」

特列斯繼續說下去：

「妳是位淑女(Lady)這件事我最清楚。所以我想，以後別用『柯蒂莉亞』這個名字，『安』才是最適合妳的名字啊。」

聽到特列斯這麼說，她便欣然地自稱為「蕾蒂・安」了。

同時她也向特列斯報告當天戰死的聯合國軍士兵的人數與姓名。

特列斯沉痛地點點頭，將這些名字都刻在心裡，牢牢記住。

＊

幾個小時後——

有具宇宙用靈柩被埋葬在無名環形山的中央峰上，而蝴蝶就在其中永眠。

迪歐用鏟子將土堆起來。

「剩下的就交給我吧。」

龍獠牙和妹蘭點點頭，回到小型運輸艇；而他們倆完全沒有交談。

坐在操縱席上的獠牙緩緩地拉起了二胡。

妹蘭已經不再哭泣。雖然獠牙覺得她這麼剛毅反而很悲哀，但也無可奈何。

他切身感受到應該是武人的自己已經老了。

過了一陣子後，O老師的長程運輸艇和托爾吉斯始龍也來到這座環形山。

迪歐把墓碑立在環形山上後，就回頭看過去。

坐在托爾吉斯始龍上的五飛看著旁邊的「魔王」，接著冷漠地說：

「哼，這就是『魔王』嗎……就是因為取了這種傲慢的名字，才會受到慘痛的教訓。」

它的駕駛艙上，那個被打穿的洞看起來的確慘不忍睹。

「說得也是……那麼『魔法師(Warlock)』這個名字應該剛剛好吧？」

＊

民用資源衛星正在接近月球。

被強迫當雜工的卡特爾得知月球上正在打仗這件事。

「人類為什麼要發動戰爭呢？」

對於卡特爾這個疑問，沒人能給他一個明確的答案。

「在宇宙和月球這種隨時可能會『死』的環境裡，打仗又有什麼意義呢？」

「思考意義這種事沒什麼用。」

說這句話的，是個身穿黑色吊帶背心的少年。

他頂著一頭亂髮。或許因為好幾天沒洗澡了，身上還瀰漫著一股臭味。

大約在兩天前，衛星的工作員們回收一架變形成飛行型態，並在宇宙中漂流的ＭＳ。

而坐在駕駛艙裡的就是他。

少年自稱是「黑色ALPHA」。

「戰爭本身沒有任何意義。我雖然消除作為月球上那場戰爭爆發的契機的ＧＮＤ原石，結果戰爭還是開打了。這或許是因為人類本身就很好戰吧。」

「你有嘗試去阻止戰爭啊？」

「我只是遵從『ＺＥＲＯ』的指示而已。」

「ＺＥＲＯ？你說的是誰啊？」

「我也不太清楚……我想那應該像是宇宙的意志吧。」

「是嗎……原來你就是宇宙之心。」

「只有坐在原型零式上時算是吧。」

卡特爾問起ALPHA駕駛的機體的事。

「那架鋼彈尼姆合金製的ＭＳ是你的嗎？」

「我不會再駕駛那架機體了。想要駕駛或解體都隨你高興。」

「………」

就在此時，父親薩伊德已經來到附近的宙域，他傳來通訊：

『我不是來接你的。既然月球上已經開戰，那麼這座資源衛星碰到危機的可能性就很高。』

薩伊德的太空梭停靠在資源衛星的停泊港，而原型零式也駐留在那裡。

他詫異地看著機體，開口說道：

「就是因為有這種東西，愚蠢的人類才會想打仗。立刻將它解體，再和資源衛星MO-Ⅳ一起廢棄。」

不過即使他這樣下令，由於工作員們的專業領域不同，無法順利進行作業，因此大為頭痛。

薩伊德一邊從太空梭上下來，一邊發出其他命令。

「如果還有其他鋼彈尼姆合金製MS，就有必要回收並解體。不把所有會引發戰爭的東西消除，地球圈的人類就不會有未來。」

這時太空梭突然啟動並出港了。

「怎麼回事？是誰在上面！」

不論駕駛員還是工作員都已經下船了。

「太空梭上應該沒人啊！」

駕駛太空梭逃離的，正是那個自稱「黑色ALPHA」的少年。

在那之後，沒有任何人知道他的下落——

AC-190 March 21

月球表面的長夜一直持續著。

這一週間，聯合國軍的敗勢越來越明顯。

然而在這一天，以ＯＺ特務部隊為中心，展開向叛亂軍報一箭之仇的反擊。

他們根據蕾蒂·安獨力調查出來的情報標定了叛亂軍艦隊的位置，並以一百架新型的里歐Ⅵ型「雷威」和五十架艾亞利茲宇宙型「金羊毛」包圍該艦隊。

相對於聯合國軍重視ＭＳ的一貫性並將其規格化的做法，ＯＺ採用的ＭＳ則大多是配合駕駛員來進行改裝的試作機。

不論「雷威」還是「金羊毛」，外表雖然沒什麼改變，但和作為其原型的機體相比，性能可是高到堪稱天差地遠。

為了應付它們而出擊的阿庫拉陸續遭到擊墜。

可見這兩種機型至少都是和Ｓ博士與Ｈ教授合作開發的阿庫拉同等級的優秀機體。

但是雙方有個決定性的不同，那就是叛亂軍駕駛員和ＯＺ駕駛員的戰鬥經驗差距。

普羅米修斯看準時機，從巡洋艦Ｊ・巴里號上出擊了。

駕駛員並非無名氏，而是德基姆的兒子特洛瓦・巴頓。

他被當成攻陷巴爾吉的英雄，博得周圍人們的一致尊敬。

他在自我感覺良好的情況下，居然真的認定「破壞巴爾吉砲的就是自己」。

而眼下特洛瓦則深信「不過是里歐和艾亞利茲，用普羅米修斯來對付綽綽有餘」。

而他才剛出擊，普羅米修斯就遭到敵方集中火力砲擊；而且機體裡裝備的小型飛彈也被引爆了。

那時他才終於認清現實。

——要在對方開砲前先開火。

如果有裝備巨大十字架型重機砲的話，這點他或許還辦得到。

然而變成這種狀況，他也束手無策了。

特洛瓦在小命隨時不保的情況下，把駕駛艙彈射出去。

彈射後的駕駛艙被「雷威」輕鬆捕獲，於是特洛瓦就成了聯合國軍的俘虜。

巡洋艦J・巴里號也在受到重創的情況下逃離該空域。

該艦隊有半數艦艇遭到擊沉，殘存的艦艇也都傷痕累累，連要進入船塢都得大費周章。

S博士對沒能回收普羅米修斯這點十分懊悔。

「要是那個落入ＯＺ手裡就麻煩了！我當初為什麼沒替它裝上可以遙控的自爆裝置啊！」

不過後來證明他的顧慮只是杞人憂天。趕到這個戰場的「魔法師」以「飛必沖天」模式趕上敵軍，成功追回被分解成十個部件，無法戰鬥的普羅米修斯。

駕駛該機的迪歐與妹蘭就這樣直接降落到月球。

「如果去拜託Ｏ老師或是托爾吉斯的駕駛員，應該能把這架機體復原吧？」

「我討厭那個駕駛始龍的傢伙。」

「是因為他完全沒離開駕駛艙嗎？」

「因為他老是一副高高在上的模樣啊。」

「我有同感……」

這時的五飛只會對交戰對手報上名字。

迪歐與妹蘭別說是他的名字了，連人都沒見過。

當「魔法師」回到之前那處無名環形山時，托爾吉斯始龍與長程運輸艇都不見了。

小型運輸艇裡只有獠牙一個人在等著。

「那兩個人上哪裡去了？」

迪歐問出這句話。

獠牙就回答：「回L-5殖民地去了。」

「好像是因為春假結束了……」

「那是在搞什麼啊！他們把打仗當成是在度假嗎？」

「對了，父親，您為什麼讓他們把始龍帶走？那是父親的機體吧！」

「不……我把它託付給比我更優秀的武人了。我已經無法駕馭始龍。」

或許是蝴蝶的死帶來太大的打擊，他的眼裡已經看不到戰鬥的覺悟。

過去的他渾身洋溢著霸氣，現在已經無影無蹤。

「明天阿爾緹蜜斯司令會來這裡接我們，我們和她會合以後再參戰吧。」

「這樣也好……和大家一起也比較安心嘛！」

迪歐故作開朗地說道，而獠牙卻一語不發。

「……」

再也看不到那個胸襟廣闊，孤傲的龍獠牙了。

迪歐心裡這樣想。

AC-190 March 22

被叛亂軍奪取的巨型月球戰艦「凱龍號」與「人龍號」在無名環形山回收了迪歐等人與小型運輸艇後，繼續南下，沿著從「寧靜海」穿越「酒神海」的航線前進。

在「卡達利那環形山」的地下基地，有J博士的ＭＳ開發工廠。

是他的話，就能修理並整備這艘戰艦上搭載的三架鋼彈尼姆合金製ＭＳ。

這是唯一可行的方法。

阿爾緹蜜斯和副官坎斯站在「凱龍號」的艦橋上。

她命令通訊員和人在「卡達利那環形山」的J博士取得連絡。

對方簡單明瞭地回答「遵命」。

阿爾緹蜜斯一邊看著窗外廣闊的月球夜景，對坎斯說出她今後的構思：

「德基姆艦隊的戰力減弱這一點雖然遺憾，不過我們還有這艘『凱龍號』和『人龍號』，以及鋼彈尼姆合金製ＭＳ（公主殿下與他的同伴）。如果再加上阿庫拉和尼米亞（小鳥們與小子們）協同作戰，就能把聯合國軍趕出月球了。」

「占領月球後該怎麼辦？」

「到那時候，我們就能發動主張殖民地獨立的革命了。」

「繼承那位大人遺志的您，應該能成為一位好領袖吧。」

「不，我辦不到……我打算請他來擔任領袖。」

「他？」

「米利亞爾特·匹斯克拉福特……他來當領袖的話，坎斯你也沒意見吧？」

「這……」

此時有位整備員衝進來大喊：

「不好了！舍赫拉查德、普羅米修斯和魔法師都不在機庫裡啊！」

「你說什麼？」

「這怎麼可能！被人偷走了嗎？」

同時雷達員也確認了：

「小型運輸艇剛剛起飛，我們有批准龍獠牙起飛嗎？」

「龍獠牙背叛了嗎？」

「這種行為不可原諒！立刻派出高速攻擊機！」

坎斯衝出艦橋，一路趕向樓下的飛艇跑道。這時通訊員發話了：

「J博士傳來連絡了。」

接著，螢幕上映出J博士。

『我之前忘了告訴你們，別靠近庇里牛斯山。我可是命令那傢伙，凡是隸屬聯合軍的玩意兒，不論是什麼統統都摧毀啊。』

阿爾緹蜜斯頓時毛骨悚然，立刻詢問航海士：

「本艦目前在哪裡？」

「在『酒神海』。」

「給我更精確的座標！」

「月球南緯15．5度，東經41．2度。」

「庇里牛斯山在哪呢？」

航海士指了指前方：

「因為很暗看不清楚，不過大概在——」

就在此時，前方遠處的黑暗中有一道豆大般的渺小閃光亮起。

那是飛翼鋼彈從半山腰處用巨型步槍發射的能源彈。

這一槍直接命中了艦橋。

同時艦橋發生大爆炸，把包含阿爾緹蜜斯在內的所有人員都吞沒了。

接著，飛翼鋼彈又一槍把「人龍號」的艦橋射穿。

在月球上即使發生爆炸，也不會發生火災。

BETA把視線從螢幕上的瞄準環上移開。

J博士在通訊機裡出現了：

『我還是沒趕上嗎……你剛剛打的都是友軍喔。』

「那可是聯合國軍的戰艦。」

『唉，沒辦法啦……不過你替雙親報仇了，實在太好啦。』

「報仇……？」

『阿爾緹蜜斯・瑟帝奇在ＡＣ１８６年十月二十六日對宇宙要塞巴爾吉發動攻擊。』

對BETA來說，這一天他終身難忘。

『雖然阿爾緹蜜斯沒有直接下手，但可以說葵和塞斯都是被她害死的。』

「是嗎……」

BETA不動聲色地說道：

「不過那跟我無關。」

*

小型運輸艇正前往月球軌道附近的廢棄資源衛星MO-Ⅳ。

獠牙連絡薩伊德．塔布拉．溫拿，委託他來處理三架鋼彈尼姆合金製MS。

「這樣好嗎？」

「這樣就好。我不想再讓更多的人不幸了……」

他們倆是年輕時就認識的老朋友。

「說得也是……這就當成對你女兒的弔唁吧。」

坎斯搭乘的高速攻擊機已經逼近到獠牙的小型運輸艇後方了。

當他看到前方的資源衛星時，立刻恍然大悟。

「你居然是個見錢眼開的人，獠牙！如果你想把那些機體交給溫拿家，那就別怪我！」

他毫不猶豫地用好幾發飛彈和雷射砲招呼小型運輸艇。

這些火力都精準地命中了運輸艇，導致它直接撞上資源衛星；接著發生了大爆炸。

這次爆炸的規模之大，即使是鋼彈尼姆合金製ＭＳ也會被炸得粉身碎骨。

當然，獠牙也難逃一死。

「月球上還有ＧＮＤ原石！只要再製造鋼彈就行了！」

然而光是這樣，還無法平息坎斯的憤怒。

「我現在就直接幹掉溫拿家家主——」

不過他這句話還沒說完，攻擊機的引擎就被打爆。

「什麼，被攻擊了？從哪邊打的？」

從後方遠處開火的，是變成飛鳥型態的原型零式。

『戰爭很悲哀……不過為了保護心愛的人，我也只能戰鬥了。請你要了解啊，父親。』

薩伊德聽了這番話後，不但表情完全沒變，而且還是和平常一樣對卡特爾破口大罵：

「你這笨蛋！馬上從那架機體給我下來，然後開始解體！現在這只有你才辦得到啊！」

資源衛星MO-Ⅳ被裝上了推進裝置，開始向L-4殖民地群移動。

和被解體的四架鋼彈尼姆合金製MS一起——

AC-190 AUTUMN

德基姆・巴頓執拗地進攻「寧靜海」的聯合國軍基地，而且獲得了相應的戰果。

克拉連斯將軍等高層連日來都在司令部的會議室裡開會，所有人都煩惱著該如何想出決定性的對策。

「有個辦法能讓對方的攻勢馬上結束。」

特列斯和蕾蒂・安一進入會議室就說出這句話。

「塞普提姆將軍，您只要立刻處決這個名叫特洛瓦．巴頓的俘虜就行了。」

「你……你在說什麼蠢話……」

「據說他是目前一手掌管叛亂軍的德基姆．巴頓的寶貝兒子。只要殺了他，對方應該就會垂頭喪氣地回應我方提出的停戰交涉的要求吧？」

「那搞不好是假名啊！這種事我絕對不能批准！要是激起殖民地那些傢伙的反感，豈不是適得其反？」

「哦，這聽起來完全不像同一個人以前的發言啊。您什麼時候改弦易轍，轉而鼓吹人道主義了？」

「呃唔唔唔唔……」

塞普提姆氣得咬牙切齒。

「再說……」

這次輪到特列斯身邊的蕾蒂．安發言了：

「即使那真的是假名，但他是普羅米修斯的駕駛員這點無庸置疑。他本人的口供就是這樣說的，用自白劑和測謊器得到的結果也一模一樣。也就是說，他就是三年前的殖民衛星墜落事件，半年前的鐸澤特准將暗殺事件，以及把我們的要塞巴爾吉打到半毀的罪魁禍首。」

克拉連斯將軍聽得瞪圓了雙眼，開口說道：

「如果那是真的，那麼他可是被定為S級戰犯也不為過的大人物啊。」

「不，那樣做不太好……」

塞普提姆一邊擦額頭上的汗一邊低吟。

「半年前下令搜捕普羅米修斯駕駛員的，就是塞普提姆將軍對吧？」

「的確沒錯……」

蕾蒂·安一邊把銀框眼鏡扶正，用譴責的語氣繼續說：

「另外有情報顯示，塞普提姆將軍隸屬第三宇宙軍時，曾因為X-18999殖民衛星的建造工程而和德基姆·巴頓有密切往來。你這根本就是企圖資敵的行為，並且要引導叛亂軍在這場戰爭中獲勝不是嗎？」

「給我等等，柯蒂莉亞！」

「請叫我安。我是蕾蒂·安二級特尉。」

克拉連斯將軍立刻站起來身，並對塞普提姆怒目而視：

「我對你很失望。在軍法審判證明你的清白之前，你就先去關禁閉吧！」

被衛兵帶走的塞普提姆退席了。

會議就這樣繼續下去，後來在會議室裡的所有人都同意以釋放俘虜特洛瓦·巴頓為條件來和叛亂軍進行停戰交涉。

至於交涉的負責人，則選定優秀的外務次官杜維夫·德利安。

ＡＣ１９０年十月二十六日。

在四年前宇宙要塞巴爾吉竣工的同一天，德基姆·巴頓和克拉連斯將軍兩人在停戰協定的文件上簽字。

第二次月球戰爭宣告結束——

沉默的讚歌

MC檔案7

MC-0022 NEXT WINTER

莉莉娜・匹斯克拉福特緩緩拿下了虛擬眼鏡，並對正在和諾茵通訊，螢幕上的希洛發話：

「我是莉莉娜・德利安……」

她把手伸向螢幕，繼續說：

「你是誰？」

螢幕上的希洛沉默地盯著莉莉娜。

她這種另類的自我介紹，以前曾經出現過兩次。

那是在ＡＣ１９１年和１９５年，而且不論哪一方都是在對方已經離開現場後才說出來。對方既沒有聽到，也根本不會有人回答。

莉莉娜以為那兩個人是同一個人，事實上並非如此。

其中一人就是螢幕上的希洛．唯這點不會錯，然而——

他並未回答莉莉娜的質問，而是反問一句：

『妳作好捨棄『匹斯克拉福特』的心理準備了嗎？』

「是……終於。」

『這樣啊……』

兩人的交談只到這裡就結束了。

看樣子，這兩個人光是對看一眼就能彼此交流。

外形呈正十二面體的要塞「巴別」已經近在眼前。

「現在開始著陸。莉莉娜大人，您準備好了嗎？」

『諾茵，娜伊娜那邊通報「昔蘭尼之風」已經恢復意識了。』

「哥哥醒了嗎？」

莉莉娜的反應比身為妻子的諾茵更快。

『是啊……這樣或許還來得及。』

希洛用了含蓄的說法。

＊

位於火星北半球阿卡迪亞海的海上太空港「白羊宮」在南北戰爭時遭到戒嚴令封鎖，完全沒有任何太空船在此起降；目前這裡應該沒有半個人才對。

然而，麥斯威爾神父卻被人叫到這座冷清的太空港的大廳裡。

叫他來的是蕾蒂·安。

目前她已經離開預防者，並擔任地球圈統一國家總統首席助理。

她八成是搭乘特別包機飛來火星，並在絕對保密的狀態下來到這裡。

雖然傳聞地球圈陷入慢性的經濟危機，但從政府為了把首席助理送到火星還能準備包機這點來看，景氣恐怕也沒有壞到那種程度。

神父一邊這樣想一邊走動。

他的腳步聲在空無一人的大廳裡回響著。

神父走到一張沙發前，停下了腳步。

「嗨，讓妳久等了。」

對這句話起了反應，蕾蒂・安從沙發上站起來。

雖說從那頭褪色的直髮就能看出她也上了年紀，但她戴著銀框圓眼鏡，苗條身材站得挺直的模樣還是和以前一樣。

「很抱歉突然把你叫來，神父。」

「這種不高明的關懷就免了……反正我只是個微不足道的冒牌神父。」

在她身旁有位把軟帽戴得很低的中年紳士坐在那裡。

神父覺得對方這套西裝的做工很棒。

他剛開始還猜測這位紳士是蕾蒂・安的保鑣。

不過看對方的年齡，就覺得自己對這位先生的評價過高了。對方起碼也四十多歲了。

「我有聽說統一國家已經陷入慢性經濟危機的謠言，不過看來也未必是空穴來

風啊。畢竟妳還雇用了一個看起來就像被使喚過頭的人來當護衛。」

「你搞錯了，要雇用他的是你喔。」

身材修長的紳士站起來了。他的視線高度倒是和神父差不多。

他拿下帽子後，頂著一頭黑髮的腦袋就輕輕頷首致意；其中還夾雜了幾根白頭髮。

「請多指教，麥斯威爾神父。」

他雖然笑臉迎人，眼中卻絲毫不帶笑意；而這銳利的眼神讓神父覺得很眼熟，但他沒能馬上想起來究竟是誰。

「你真的是第一次和我見面嗎？」

「沒錯……不過你好像和另一個我滿熟的——」

他的措辭中，滿是謎團。

「——我和你的確是第一次見面啊。」

神父開始想像這位目光帶刺的男子，年輕時長什麼樣子。

「不會吧……」

雖然很難立刻令人相信，但他還是勉強說出自己的疑問：

「……你是希洛嗎？」

中年紳士深深點頭。

「如果你願意雇用我，那麼我想今後就會用這個名字吧。」

「等等，你們到底想讓我做什麼啊？」

「這是我們推動的『火星重建（Mars Reconstruction）』的一環喔。」

蕾蒂．安面帶微笑地說道。

站在旁邊的中年紳士再度戴上軟帽遮住眼睛，同時說：

「你要不要和我一起搞政治啊，神父？」

「搞政治？你在說什麼夢話？」

「這是革命的開端。就由我們來讓火星居民振作起來吧。」

他腳邊有個寵物用的外出提籠，裡面還有隻小貓。

「喵～」

那是人稱「挪威森林貓」的長毛種貓咪。

「而且，據說『宇宙之心』也會幫助我們。」

他聽得懂貓語嗎？

中年希洛一臉認真地如是說，但那銳利的眼神顯示他完全沒有說謊。

神父並不知道，眼前這位男子過去曾被稱為「ALPHA」。

當年蕾蒂・安還是預防者的部長時，還曾經擔任過半身不遂的瑪莉梅亞・克修里納達的看護。

她得知瑪莉梅亞是「蕾亞・巴頓」的複製人時，已經是AC204年的事。

那剛好是神父祕密潛入火星的時候。

複製人的製作者是凱薩琳・鮑醫生，也就是她的直屬部下莎莉・鮑的母親。

她得到莎莉把自己母親的複製人當成女兒來撫養的報告，而這份古老的研究資料（AC187～189年期間）也是莎莉交給自己的。

莎莉的女兒被取名叫「凱西」，還擁有經過正式申請的地球圈統一國家的市民登錄號碼。

蕾蒂・安調查這份資料時，其中有個叫「小亞汀・羅」的少年的名字引起了她的注意。

他是和瑪莉梅亞同期出生的另一位複製人。

這個複製人並不是採用一般從嬰兒開始撫養長大的方式，而是直接以少年的姿態複製出來。

她很在意「小亞汀・羅」突然變成兩個人以後，他們的未來究竟如何。

在她繼續調查的過程中，查出其中一個人後來成為擁有代號「希洛・唯」的鋼彈駕駛員。

但是當她得知這件事時，「希洛」已經和莉莉娜一起進入冷凍冬眠艙「星星王子」和「睡美人」裡了。

就算她還想繼續追查另一個人的下落，手邊卻半點線索也沒有。

既然身為不受統一國家政府公認的複製人，那麼當然拿不到市民登錄號碼。

她已經弄清楚這種人在地球圈堪稱多如牛毛。

預防者把這類未登錄市民統稱為「非法人士」，而且積極尋找這類人，並為他們登錄新的市民號碼。

之所以這樣做，是因為未登錄市民很有可能會是企圖顛覆地球圈統一國家的恐怖分子。

為了防範戰爭爆發，就有必要建立徹底的監視系統，管制情報。

雖然地球圈的武器數量在逐步減少的確是事實，但要監視整個社會，就必然導致民眾的自由意志遭到限縮，這也是不容否定的現實。

受管理的社會不但會妨礙人民表達自由或思想自由，還會迫害這類行動。

因為目前和平至上主義廣受支持，所以人民稍微受點拘束也不成問題；但這樣的管理社會終將引發類似動脈硬化的病變，導致國家崩潰，又或是容許獨裁政治崛起吧。

這是人們為獲得「永久和平」所付出的代價。

彼此矛盾的和平世界與自由社會是無法並存的。

人們遲早會為了追求自由而拿起武器，和平之後來臨的革命就是這樣引發。

自從開始探索以後，十年來幾乎所有「非法人士」都被找出來進行全新登錄；

但也有像神父那種祕密潛入火星的人，所以就成果來說還稱不上完美。

代號「水」的莎莉在這樣報告時，還大吐苦水表示：

——黃金部長，火星實在太危險了！「非法人士」裡的非法移民太多，如果就這樣放著不管，將來肯定會變成一大導火線啊。

——只有「風」與「火」，妳覺得心裡沒底嗎？

——只要有「星星王子」的「P.P.P完全和平程序」在，這種狀態我們根本無法預測啊。

——那麼，為了慎重起見，我把「雲」派過去吧。

——是。如果是五飛，我想應該可以交給他處理。

自從代號「雲」的五飛到當地上任以來，在那之後的幾年間，火星都沒發生大規模紛爭。

雖然預防者在地球圈持續搜索「非法人士」，但始終沒能逮到「小亞汀．羅」的複製人。

就連蕾蒂．安也不得不死心，只能把接下來的搜索交給部下去處理。

ＡＣ２１６年時，桃樂絲・Ｔ・卡塔羅尼亞表示她要成為地球圈統一國家總統的候選人。

那時火星上發生了偵察衛星墜落到「拉納格林海」上，造成死者和失蹤者合計高達一萬人的大災難。

而蕾蒂・安接受她的邀請出任其選舉參謀，因此離開了預防者。

她讓莎莉・鮑接任部長一職，而且和她同居的瑪莉梅亞也早在幾年前就獨立，還結婚過著幸福的生活。

或許蕾蒂・安腦海裡一直掛念著新時代或世代交替之類的事吧。

事件是在桃樂絲為了遊說民眾而在各殖民地巡迴走訪時發生。

在貧困的環境中苟延殘喘的Ｌ-２殖民衛星市民們的不滿爆發了。

淪為暴徒的市民襲擊了總統候選人桃樂絲搭乘的禮車。

雖然預防者的菜鳥人員立刻亮出手槍，但莎莉看到以後，馬上想要制止他們動武。

那時手槍卻走火了。這一槍十分不幸地射穿了莎莉的心臟，令她當場死亡。

雖說這毫無疑問是場意外，但敬愛上司的預防者人員們卻把自己的憤恨發洩在淪為暴徒的殖民衛星市民們頭上。

在騷動平息後，有參加這場暴動嫌疑的人及流浪漢之類的人陸續遭到逮捕。

對在維持和平這方面堪稱最清廉組織的預防者來說，這是他們唯一一次做出迫害弱者這種霸道行徑的案例。如果就這樣放著不管，他們有可能會逐漸演變成巨大軍事組織。

「組織過度膨脹了……」

當被逮捕者超過一百人之後，感到十分自責的蕾蒂．安就在這種心情的驅使下命令釋放他們。

她身為「預防者前部長」的頭銜奏效，對方執行了這道命令。

在這一百多人中，找到了好幾個「非法人士」。蕾蒂．安希望能和他們面談，並且為其進行全新的市民登錄；她盡可能不對他們下強制命令。

有個衣衫襤褸的男子說道：

「我可沒有參與這場暴動，只是在旁邊觀看，根本沒有理由被逮捕啊。」

他頂著一頭髒亂的長髮，鬍子也濃密到幾乎遮住整張臉，不管怎麼看都是個如假包換的流浪漢。

當蕾蒂·安從這個男子的長髮間隙確認他忽隱忽現的銳利眼神時，她突然有種直覺。

「你就是『小亞汀·羅』對吧？」

「妳認錯人了。叫我『黑色ALPHA』。」

不會錯。蕾蒂·安終於發現她長年以來一直想找到的人。

ALPHA在ＡＣ１９１年和莉莉娜擦肩而過之後，就離開地下反抗組織，不斷四處流浪。

他也是幾個月前才來到這座Ｌ-2殖民衛星。

「那麼，ALPHA，我希望你能進行全新的市民登錄。這樣你就能被釋放離開這裡，恢復自由之身。」

「妳這是詭辯……我一登錄就會立刻失去自由。我可不想被人監視啊。」

「看你那個樣子就知道你一直都很自由，可是——」

「很抱歉，我自出生以來就從沒享受過自由。」

ALPHA繼續說出充滿矛盾的言論：

「說到底，活著只會讓我感覺受到束縛。我實在搞不懂，過這種充滿痛苦的人生有什麼意義？」

「哦……那我問你，你為什麼還活著？」

「因為另一個自己叫我『活下去』。」

蕾蒂．安知道所謂「另一個自己」指的就是希洛。

「你果然是個很有趣的人……既然如此，那市民登錄這種事就無所謂了。你就和我一起行動，營造一個有意義的人生。當然，我尊重你的『自由意志』。」

這就是蕾蒂．安與ALPHA的邂逅。

之後，他們倆就一直在地球圈統一國家的政壇幕後活躍。

即使他變得平易近人，措辭也變得溫和，但銳利的眼神依然沒有改變；不，應該說他從來沒有試圖去改變。

而現在——

ALPHA將要與和自己一樣失去了人生意義的神父聯手，一起進行這一場「火星重建（Mars Reconstruction）」。

火星第二衛星軌道

ＭＤ自動製造工廠「火神」把運行軌道從火星第一衛星軌道外緣轉移到這裡，並且繼續進行公轉。

應該沒有其他資源衛星的命運比這座「火神」更坎坷了吧。

ＡＣ１９５年時，有座曾經被地球圈統一聯合國當成宇宙軍基地的資源衛星被羅姆斐拉財團接收，還被茲伯洛夫技師長改造成ＭＤ工廠。

而到隔年夏天為止，它一直都在地球軌道與火星軌道之間漂流；但有個自稱「完全和平人（通稱「Ｐ３」）」的武裝團體再度啟動它，企圖稱霸地球圈。

在鋼彈駕駛員們的努力下，勉強阻止了這場動亂。

另外還有件軼事，在這事件發生期間，曾經在第二次月球戰爭中對決過的張五飛與布羅汀．迪耶斯不但重逢，還為了奪取「火神」而聯手作戰。

布羅汀是個會思考人類本身該如何進步並發展，也會想像遙遠宇宙的模樣的男人。

但他卻遭到部下背叛，在壯志未酬的情況下戰死了。

根據卡特爾的提案，他們決定將火神與鋼彈一起扔到太陽裡廢棄。

而在他們進行這項廢棄作業的期間，瑪莉梅亞軍就於ＡＣ１９６年年底時在地球圈起事了。

蕾蒂．安考慮過投入火神上的比爾哥部隊來對抗他們，但代號為「風」的米利亞爾特阻止了她，讓廢棄作業繼續進行。

然而在火神前往太陽的途中，諾恩海姆康采恩的特工進入內部，修正了它的移動軌道。

然後他們花了大約十三年的時間將它搬到火星衛星軌道，利用它開發Mars Suit並製造比爾哥Ⅳ。

　　而他們之所以能在保密到這種程度的情況下移動火神，是因為他們強行縱貫了瀰漫著強烈放射線的太陽軌道。

　　最後它的位置就固定在火衛一弗伯斯與火衛二戴摩斯的內側軌道與外側軌道交叉的橢圓軌道上。

　　在衛星軌道最外側附近設置了替火星聚集陽光的多層膜鏡片「雅努斯（Janus）」，而且鏡面塗層還採用電磁液態金屬。

　　在它的強力磁場與激烈的光熱影響下，雷達或熱源搜索等會完全失靈，想要標定火神的位置，除了目視之外沒有其他辦法。

　　時間到了火星曆（ＭＣ）００１６年（ＡＣ２１０年）。

　　這是火星聯邦政府對地球圈統一國家發出獨立宣言的前一年。

　　火神的存在，可說是毫無武力的地球圈統一國家之所以在外交上採取極低姿態的一大要因。

　　假冒首任總統「米利亞爾應」之名的迪茲奴夫雖然透過踏實的交涉贏得火星獨立，實際上他不過是仗著有「Ｐ・Ｐ・Ｐ」和火神等武力為靠山，逼對方答應近乎脅迫的要求而已。

以這次獨立為契機，地球圈與火星的歷史就此分道揚鑣。

變成了「AC（After Colony）」與「MC（Mars Century）」。

MD自動製造工廠「火神」可說是一座在雙方歷史變遷時，適逢其會的罕見資源衛星。

凡恩．克修里納達從火神派出三架黑色的「賽伯拉斯（OZ-20MSX-D）」。

這個機型不但是過去人稱「火神守門犬」的「史柯皮歐（OZ-16MSX-D）（註：Scorpio。天蠍座）」的後繼機種，還是據點防衛用的可變Mars Suit。

史柯皮歐的機體是紅色塗裝，但賽伯拉斯卻改成黑色塗裝。

它的名稱是源自在希臘神話中登場的冥界三頭守門犬「Cerberus」。

不但沒必要變更機體外型，連內藏電腦的程式都不必重寫，堪稱完美的防禦用機體。

若要防範張老師駕駛「白色次代鋼彈」強攻，這種戰力可說綽綽有餘了。

這三架賽伯拉斯也可以從司令室遙控，而凡恩眼下就坐在和「ZERO系統」連動的駕駛艙裡。

「既然『哪吒』裡也裝了『ZERO系統』，那麼這邊的配備，對方應該全都掌握了吧。」

我可不會再犯像被希洛標定這裡位置時那樣的失誤——這麼想的凡恩臉上，浮現無畏的微笑。

「所以這還真有意思。」

「戰鬥不是兒戲，而是雙方賭上生死的靈魂對撞。」

張老師在白色次代鋼彈的駕駛艙裡低聲自語。

「不過哪吒啊，就算我要追求那種東西，這裡也沒有吧。」

他緩緩地關閉了「ZERO系統」。

同時控制台上的半球型螢幕也熄滅。

「我們走吧，哪吒。」

他的腦海裡，浮現在AC194年和自己死別的妻子龍妹蘭的容貌。

張老師也用她自稱的「哪吒」來稱呼自己駕駛的愛機。

變形成人稱「三頭翼龍」的白色次代鋼彈，一路趕往火神。

＊

位於火星衛星軌道最外側附近的陽光集束鏡「雅努斯」。

這個名字源自羅馬神話中一位有兩張臉的神祇。

為了讓能促進火星暖化的「歐羅巴藻」更加增殖，才於MC0011年設置在目前的位置上。

因此翌年MC0012年時，平均氣溫逐步上升，形成了即使不戴頭盔也能呼吸的大氣層。

用液態金屬來打造鏡面是對應隕石和各種碎片的最佳方法，不過為了讓塗層穩定，還必須使用強力磁場來維持形狀。

「雅努斯」撤到火星表面的不是只有是太陽的光與熱，還有閃焰產生的磁氣風暴。

火星在實施環境地球化之前，由於內核溫度很低，地磁也很微弱。

然而在ＭＣ０００３年，資源衛星ＭＯ-Ⅶ墜落在阿爾吉爾平原上後，由於這股衝擊導致內核活潑化，還產生了磁場。

火星表面之所以會發生強烈磁氣風暴，就是這兩大原因交互作用下的結果。

戰艦「北斗七星」在「雅努斯」背面和它接舷了。

若是一般船艦會受到強烈電磁波的影響而失去控制，連接近這裡都辦不到。

但是Ｔ博士在操艦時完全不使用任何電子儀器。

他幾乎只靠直覺和目視，才好不容易到達這裡。

他之所以能若無其事地施展這種絕技，是因為他是前鋼彈駕駛員。

身穿太空裝的Ｗ教授和凱瑟琳回到艦橋上。

「我在『雅努斯』上裝好爆破裝置了。」

比任何人都討厭破壞工作的Ｗ教授皺眉表達這非他本意，然後這麼說。

凱瑟琳則剛好和他相反，露出一臉輕鬆的笑容：

「這樣就能救出莉莉娜·匹斯克拉福特了。」

「這樣能救她？真的行嗎？」

T博士平靜地反問一句。

「雅努斯」是由中心支柱和許多鋼纜框架所構成。

它的形狀，是由無數鋼纜纏繞大量液態金屬撐出來的。

只要炸掉支柱，就能輕而易舉地瓦解其構造。

失去地基的大量液態金屬會暫時在宇宙裡飄流，最後會被火星的重力拉過去；結果就是纏繞電磁波的銀色大雨下在整個火星上。

屆時將會有大量雷光遮蔽天空，而且還是在火星自轉的24小時37分間一直持續吧。

這些液態金屬大半都會在進入大氣層時因為高熱而蒸發，但還是會留下帶電的電磁波。

這時產生的異常電磁波將會讓火星上的所有電子儀器統統失靈。

火星全體將會停止供電，與地球圈的電腦連線的網路也會被切斷。

市民登錄號碼的資料也會被抹消，所有內部紀錄的檔案也會全部消失。

這時才稱得上是火星第一次和地球圈完全隔絕。

就連堪稱終極電子儀器的「ＺＥＲＯ系統」也不例外，想必立體影像ＡＩ「傑克斯·馬吉斯上級特校」也會被重設。

同時與在莉莉娜體內的奈米機械連動的「Ｐ·Ｐ·Ｐ」也會在這24小時37分間陷入停止狀態。

如果能在這段期間內殺掉莉莉娜，就能阻止將會席捲地球圈約三十億人的大屠殺。

這樣就能將莉莉娜從困擾她許久的罪惡感中拯救出來。

但是，這也表示她保不住自己的命了。

「『雅努斯』背面裝設了簡易通訊衛星，這樣即使從地面也能遙控它。」

W教授一副痛苦的模樣說道。

「就讓她自己來決定，是要選擇火星獨立，還是保住性命吧。」

電子儀器失靈會產生形形色色的影響。

雖說莉莉娜或許會期望MD之類的兵器無法使用，但若是發生醫療相關領域，在宇宙中進行的各式作業，許多貧民居住的舊式局地改造環境區的維生系統停止的狀況，肯定會產生極大的損害和許多死者，而她恐怕也不會選擇這邊吧。

不，即使真發生這種事，損害也比屠殺三十億人要低得多。然而——

「『宇宙之心』有說要選哪一邊嗎？」

「哪邊都沒選。與其這樣說，不如說希洛根本沒給它選擇的餘地。」

「是嗎……看樣子我們只能到火神走一趟了。」

「說得也是啊。」

T博士與W教授彼此點了點頭。

凱瑟琳則是在追蹤張老師的去向。

眼下已經能目視確認該空域裡有光束的閃光在激烈交錯。

「看來火神就在那裡了。」

火星第二衛星軌道

在火神所處的空域裡，白色次代鋼彈與賽伯拉斯已經開打了。

雙方都在維持飛行型態的狀態下展開發射光束的宇宙戰。

但在這場戰鬥中，張五飛卻採取了和以往堂堂正正的戰法大不相同的打法。

白色次代鋼彈面對賽伯拉斯的包圍攻勢，只是一直閃避而完全不反擊。

賽伯拉斯身上誇稱防禦固若金湯的新星球守衛也因此無用武之地。

張老師之所以會這樣消極應戰是有原因的。

這是他心底深處對特列斯的贖罪。

「即使只是他弟弟的複製人，如果他是真心想為特列斯報仇，那我被殺也無所謂。」

雖然他這麼想，但對方的戰法和特列斯實在相差太多。

「看來他根本不懂我為什麼會駕駛特列斯設計的『次代鋼彈』啊。」

老師感到一陣空虛。

「凡恩・克修里納達……你太弱了。」

他根本感受不到那種能讓靈魂振奮的興奮。

「這樣的話，不如和那個立體影像的傑克斯・馬吉斯特校打還比較好。」

凡恩確認過「ZERO系統」提示的戰略與戰術級的勝利後，就開始進行戰術級的未來預測；這時他就發現不太對勁了。

「系統的處理速度變慢了。」

剛開始他以為是有人植入會讓程式處理延遲的電腦病毒。

然而只要有「ZERO系統」在，那就是不可能的事。

因為電腦裡雖然備有應付預測到的攻擊的完美保全系統，但還是會以「ZERO系統」的選擇為最優先。

即使那是和故障、BUG或SRK模型（註：認知模型的一種，簡單說就是針對接受到的訊息的處理機制）的錯誤也會經過同樣的處理。

可以想見的是，因為彼此都用「ＺＥＲＯ系統」來對戰導致預測未來時變成複雜的互相推測，結果就是無法確定該選什麼當勝利條件。

出現這種情形時，決勝負的關鍵就落在駕駛艙裡的駕駛員身上了。

雖說賽伯拉斯有三架，但就駕駛員來說仍然是一對一。

「要不要派出比爾哥Ⅳ呢？」

凡恩猶豫了。他可以進一步投入戰力。

但他還是讓火神內部超過一百五十架的比爾哥Ⅳ待命。

不論白色次代鋼彈和張老師有多優秀，只要己方以眾凌寡就必勝無疑。

這就是「ＺＥＲＯ系統」一開始就對他提示的戰略與戰術級的勝利。

「不，如果在眼下這種情況下還贏不了，就算增加數量也不會改變結果。」

凡恩基於身為ＯＺ創始人的矜持拒絕了這個選擇。

系統在確定預測時會產生延遲，是因為張老師將「ＺＥＲＯ系統」關掉了。

只要能得到各種經驗值，「ＺＥＲＯ系統」的智能技術就會不斷成長。

過去，它和其他電腦一樣都是以重視規則為前提來提供預測值。但用這種方法的話，即使運用量子領域運算也太花時間了。

在此若是基於經驗值來選擇最短途徑，就能使用跳躍性思考。然而要是對手用的也是同樣系統時就會被要求處理速度更快，因此在判斷基準上會頻繁出現疏忽的錯誤（和人類一樣的判斷錯誤）。

而在這個戰場上，所謂的判斷錯誤就是——

「哪吒」應該有使用「ＺＥＲＯ系統」，卻做出和預測不同的行動，就會讓對手誤以為它那邊看到了更遠的未來。

這樣一來就會導致必須實施更快的演算處理，更進一步經常使用跳躍性思考，並且不斷累積更多涉及多方面的未確定資料要處理。

要得出對手並未使用「ＺＥＲＯ系統」這個結論，再快也得花幾秒鐘。

之後還非得重設「ＺＥＲＯ系統」對戰的經驗值不可。

只要出現一次判斷錯誤就必須重新修正基本設定，這會花很多時間。

而這就是凡恩感覺到的延遲的真相。

張老師的老奸巨猾，就在於他只不過是因為一時衝動就反覆中止了「ＺＥＲＯ系統」啟動。

這也是他基於之前在奧林帕斯山和傑克斯・馬吉斯特校駕駛的次代鋼彈交戰時培養的經驗所想出來的對抗手段。

白色次代鋼彈的駕駛艙裡響起呼叫聲。

這是凡恩・克修里納達用很難受到電波妨礙的預防者專線發來的通訊。

『我好像太高估你了。即使你能把「ＺＥＲＯ系統」耍得團團轉，我還是注意到了。這種手段未免也太姑息了吧？』

「哼。」

張老師對他嗤之以鼻。

「和遙控玩具打還玩真的，我都覺得自己太幼稚了。不過像你這種膽小鬼居然自稱是ＯＺ的創始人，特列斯聽了，恐怕也會覺得丟臉到家吧。」

『你說我是膽小鬼嗎？』

「難道不是嗎？」

『當然不是，我是為了確實打倒你才選擇這種手段。我恨透你了，你這個殺害哥哥的凶手！』

張老師臉上的嘲笑依然沒變：

「那我問你，目前為止有多少人因為你而死了？」

『要查這種事輕而易舉。要不要我馬上下載數據後再傳給你？』

「呵呵……雖然遺憾，但你不值得我殺；而且你贏不了我。」

『這種事——』

「不打打看是不知道的——這是你接下來要說的話吧？」

『！』

「再來你會這樣說——下不為例（Nevermore）。」

『………』

「這種虛張聲勢的威嚇或許對小鬼有效，但是對我無效。如果你想在心理上搶占優勢，那你選錯交戰對手了。」

張老師的白色次代鋼彈一邊以眩目的動作閃避三架賽伯拉斯的砲擊，一邊往火神突進。

在那附近的空域有人稱「冰結的淚滴」的火星第二衛星戴摩斯在公轉。其上的兩個隕石坑「史威夫特」和「伏爾泰」看得相當清楚。

『只有希洛．唯能打倒我。』

「的確如此……不過我從來沒想過要打倒你，我只是想告訴你特列斯的想法而已。」

『哥哥的想法？』

「一言以蔽之——千萬不要期望被愛，而是要持續愛人——特列斯可是貫徹這點直到臨終。」

張老師以充滿憐憫的語氣說道：

「愛你的不論是父母還是特列斯，如今都已經不在世上了——而根本沒有半個人愛你啊。」

『這種事我一開始就知道了。我不被任何人所愛，也不愛任何人。像你這種人，應該不懂不被任何人所愛的人有多辛苦吧？』

「所以我說你太弱了！」

白色次代鋼彈的三個龍頭射出高熱光束，這是張老師第一次反擊。

「你之所以戰鬥，論動機，充其量不過是為了復仇。」

三架賽伯拉斯縮小包圍圈，對白色次代鋼彈的攻擊也更激烈。

『我是為了維持可駕馭的戰爭而戰。』

「我並不否定為了復仇而持續戰鬥的人，因為過去我自己就是這樣。不過即使對那樣面目可憎的我，特列斯還是稱我為『摯友』。」

白色次代鋼彈持續以橫8字飛行來閃避賽伯拉斯的砲擊。

「所謂真正的強，就是在敗戰後還能尊重對手，保持一顆愛人之心啊。」

白色次代鋼彈將推進器出力開到最大，以猛烈的加速度突破了賽伯拉斯的包圍圈。

「因此，我對自己身為敗者感到自豪。」

特列斯生前曾經說過，次代鋼彈是替敗者準備的座機。

戰艦北斗七星飛進了這個空域，同時T博士也傳來通訊：

『讓你久等了，五飛。』

「是啊，真的等好久……拜你們之賜，我被對方逼得連可以不說的事都被迫說出來了。」

突然出現的北斗七星令凡恩不寒而慄。

「他們是從戴摩斯的背後接近的嗎……」

而為了不讓他們被發現，張老師才會主動挑釁自己嗎？凡恩為自己的愚蠢感到後悔。

——這和希洛·唯那次簡直一模一樣。

他無法原諒自己重蹈覆轍，但在這種情況下，已經不能再拘泥於自尊了。

「現在只能派出比爾哥Ⅳ了！」

就在此時，有道來歷不明的代碼被傳進賽伯拉斯的指令系統裡。

『5·6·W·I』——

這個密碼意味著羅姆斐拉財團的光輝歷史開始的時間與地點，也就是AD（西元）1956年的維也納。

過去這個密碼被用來控制「史柯皮歐」，AC196年「P3」要奪取火神時也是用這個；而凡恩根本不知道這回事。

這是他太過仰賴「ZERO系統」的遙控而犯下的失誤。

三架賽伯拉斯立刻失去控制，當場就停止機能。

被打開的駕駛艙分別由T博士、W教授和凱瑟琳坐進去。

白色次代鋼彈和三架賽伯拉斯對火神外壁展開砲擊，強行衝進內部。

火星・伊希地平原

要塞巴別裡的司令室在臨時布置後，已經變成「南部聯合國戰爭犯罪委員會」的戰犯法庭了。

審判過程將透過媒體對全火星進行實況轉播。

這是為了明確表達火星南北戰爭以南部聯合獲勝告終，同時向大眾宣示這場審判公正公開也是其目的。

身為南部聯合國戰爭犯罪委員會委員長的傑克斯・馬吉斯上級特校坐上了審判長席。

莉莉娜總統被帶上被告席。

她身邊的確有個裝飾用的律師，但對方完全沒有替她提供辯護的意思。

希洛和諾茵則坐在旁聽席上，而前者更是莉莉娜被裁定死刑後的劊子手。

戰爭罪行審議會就在莊嚴肅穆的氣氛下進行。

檢察官一邊唸出長達一百零七項罪狀的起訴書，一邊確認被告是否認罪。

既然莉莉娜是火星聯邦的最高掌權者，那麼這些罪名她都非得認了不可；但是她對起訴書上寫的最後一項罪狀「以完全和平主義這種虛偽的思想來煽動聯邦國民，並驅使聯邦國民發動戰爭之罪」不但完全無法接受，還平靜地開口抗辯：

「我曾經努力避免聯邦政府做出任何戰爭行為。如果是為了結束這場戰爭，那我很樂意被處以極刑，但我不能否定完全和平主義。」

聽到這番話後，神經質的檢察官就以責備的語氣說：

「火星聯邦既不是無武裝也不是非暴力團體，您是想抹殺這個事實嗎？」

審判長傑克斯則說：

「過去拉納格林共和國以達成完全和平為目標，而完成了一個無武裝非暴力的理想國家；但蹂躪該國的不是別人，正是北部聯邦政府。如果妳忘了ＭＣ００１９年的偵察衛星墜落事件，那我可傷腦筋了。」

他說的那件事不但是這場戰爭的開端，也是死者和失蹤者合計高達一萬人以上，堪稱火星史上最惡劣的恐怖攻擊事件。

當時莉莉娜還在冷凍艙裡長眠，所以她完全不必為這件事負責。另外，根本沒有明確證據能證明這件事和聯邦政府有關。

然而莉莉娜卻雙眼泛淚，還為這件事致上深深的歉意。

「真的很抱歉。我對受害者們深表哀悼，今後聯邦政府將在經過考量後，盡一切力量對各位進行賠償或謝罪。」

莉莉娜眼中流出的淚滴落在被告席的桌上。她是真的在哭。

「目前我們正在盡全力調查，一定會抓到犯人的幕後主使者並處以極刑。不論我受到怎樣的刑罰，都請一定要替我向聯邦政府的繼任者轉告這件事。」

她擦乾眼淚後，以顫抖的聲音提出這個要求。

「遺憾的是，就是有這種不肖之徒，才會讓各位崇高的理想化為烏有。我在此懇求各位，各位的想法並沒有錯。因此，請務必要締造一個能讓自由與和平共存的世界。」

傑克斯臉上浮現冷澈的微笑說：

「妳這說法和『完全和平』有矛盾啊。自由與和平是無法共存的。想要維持和平就需要強大的武力，而為了得到自由就非戰不可；這兩者水火不容，而這就是事實。妳差不多該發現所謂『完全和平』這種愚昧的理想，只會把人們逼上戰場了吧，莉莉娜。」

「不論你說我愚昧還是矛盾，我都不在乎。」

莉莉娜斬釘截鐵地說：

「我很了解你那種想要馬上得到『結論』的心情。但是和『結論』相比，『持續思考』這點更重要不是嗎？既然有『矛盾』，那就更應該繼續思考下去。在得出『結論』之前，我們應該重視『動機』來持續議論形形色色的選擇，這才是『完全和平』。」

檢察官從旁插話：

「那不就沒完沒了嗎！」

「沒錯。『和平』和『戰爭』不一樣，根本沒必要真正解決問題。正因如此，我們就能持續理性的討論。只是討論，本來就不需要『武力』。人們之所以會被逼上戰場，正是因為他們停止思考，企圖靠『武力』輕鬆獲得『結論』啊。」

雖然檢察官還想說些什麼，不過審判長傑克斯制止了他：

「那好吧……其實我們也沒打算徹底否定『完全和平』。考量到被告的申訴，就把最後一項罪名刪除吧。」

「非常感謝。」

傑克斯轉頭用冷澈的視線看著莉莉娜。

「不過在本法庭上就需得出結論。在此對被告莉莉娜．匹斯克拉福特宣判。」

莉莉娜以清澈的眼神，等待傑克斯接下來要說的話。

「判處被告死刑——本庭的判斷如下。」

傑克斯以長篇大論來描述莉莉娜的罪孽有多深重。

「宣判完畢。如果沒有異議，請在這份降書上簽字；這樣火星南北戰爭就結束了。死刑將會在那之後執行。」

「我知道了。」

莉莉娜深深點點頭，然後從書記官手上接過降書。

「對於讓所有人被迫經歷極大的苦難這點，我在此深表歉意。」

旁聽席上的希洛站了起來，從胸前的口袋中掏出手槍與鋼筆。

他走到莉莉娜身邊並把鋼筆遞過去，同時低聲說：

「卡特爾要我替他傳話。」

「咦？」

「這支鋼筆的筆蓋裡安裝了『雅努斯』的爆破開關。」

這支鋼筆和一般鋼筆一樣有筆尖可以書寫，不過它的筆蓋天冠部分被作成了按鈕式的開關。

「這能讓所有電子儀器停止運作。」

希洛一邊盯著傑克斯的眼角一邊說道：

「這樣就能把以傑克斯為首的無數兵器從火星排除掉。」

莉莉娜依然睜著眼睛。

「只要按下那個開關，就能打開邁向完全和平的道路；不過戰爭應該不會結束吧。」

「……」

莉莉娜沉默地握緊了鋼筆。就在此時——

發生驚人的爆炸，其衝擊力道撼動了整座要塞巴別。

這時照明被切換，隨著警報響起，還傳來管制員的聲音：

『傑克斯上級特校，火星聯邦發動攻擊了！』

「你說什麼？」

伊希地平原　北部上空

張開白色大翅膀的「天堂托爾吉斯」架起了長程多佛槍。

坐在駕駛艙裡的，是戴著白色面具的「昔蘭尼之風」。

「這裡是昔蘭尼之風。現在開始進攻要塞巴別！由我這裡下令，各單位依照自己的判斷進攻吧！」

有五十二架外形模仿撲克牌的Mars Suit在廣大的平原上布陣。
黑桃部隊十三架。
紅心部隊十三架。
梅花部隊十三架。
方塊部隊十三架。
「黑桃國王」由身為匹斯克拉福特家嫡長子米爾駕駛。
「紅心女王」則由同家族的公主娜伊娜駕駛。
後續的五十架則由堪稱驍勇善戰的「冷血妖精」們駕駛。
『能和父親一起上戰場，我感到很光榮。』
平常沉默寡言的米爾，率直地把純粹的心聲說出來。
昔蘭尼之風的面具嘴邊浮現微笑。
「我也很高興。才一陣子沒見面，你就變強了，兒子啊。」
『父親，這一戰正當嗎？』
娜伊娜提出質問，而昔蘭尼之風答道：

「我心愛的妖精啊，戰鬥本來就沒有什麼正當性可言，有的只是賭上自己的存在意義而散發的生命光輝。」

『我明白了。』

合計五十二架Mars Suit的撲克牌部隊開始攻擊正十二面體外形的要塞巴別。

迎擊的導向飛彈立刻來襲。

昔蘭尼之風的天堂托爾吉斯為了引開它們而起飛，接著立刻中了數十發飛彈。

「父親！」娜伊娜和米爾同時吶喊。

「別管我！飛彈都交給我來應付！你們立刻往要塞突進！」

要塞巴別　戰犯法庭（司令室）

傑克斯上級特校燃起了平靜的怒火。

「這怎麼回事？火星聯邦政府不是投降了嗎？」

當莉莉娜正想開口時，希洛卻制止她並發話：

「總統閣下還沒在降書上簽字。」

他以尖銳的眼神反瞪傑克斯上級特校，繼續說道：

「戰爭還沒結束啊，傑克斯。」

「哼，竟敢騙我們。這的確是狡猾卑劣的聯邦政府會的手段。」

說完這句話後，傑克斯上級特校轉向媒體，趾高氣昂地開始發言：

「我們南部聯合國接受北部火星聯邦政府的敗戰宣言，才準備這個降書簽署儀式；但聯邦軍卻對我們再度發動了可說是奇襲的恐怖攻擊。要知道他們究竟有多好戰，用多虛偽的和平主義來欺騙大眾，看看這種行為就十分明確了！」

這句話立刻傳遍整個火星。

埃律西昂島・莉莉娜市

位於市區中央的巨大螢幕上，同時播映了聯邦軍的Mars Suit攻擊要塞巴別的實況轉播，以及傑克斯上級特校的質問。

『絕不容許他們繼續欺瞞民眾！醜陋的火星聯邦政府應該放棄主權，併入南部聯合國！我們想要的是毫無虛偽的真實和平！』

「還真敢說耶～！真正期望和平的國家會向別國宣戰嗎？哼！」

麥斯威爾神父大聲疾呼。

他在大螢幕下方特別高的講台上向大眾呼籲：

「不論你有什麼理由，都不能殘殺超過一萬的無辜市民啊！大家仔細看看周圍！放眼望去淨是在哭泣的小孩、無家可歸的老人，不然就是情人或重要的人都死去，走投無路的人們不是嗎？是誰把他們變成這樣的？」

群眾中有人大叫起來：

「把事態搞成這樣的，不就是莉莉娜總統嗎？」

「你居然要責備那位小姐，搞錯對象也要有個限度啊！真正罪大惡極的，是那個不但親自動手，嘴裡還說著冠冕堂皇言論的這個大叔吧！不是我要說別人的壞話，但千萬別接受這種傢伙的支配！」

聽完神父這番話後，人群裡漸漸開始喧嚷起來。

「還有，大家要原諒莉莉娜．匹斯克拉福特！因為那位小姐明明什麼都沒做，卻替聯邦政府頂了所有罪名！」

此話一出，就有另一個人也大喊：

「所以啦，我們這種糟糕到極點的生活會改善嗎？那還不如聽傑克斯的話比較好吧？」

「改善生活？不會有這種事啦。因為這顆火星本身就是最爛的星球。」

站在最前面的人說道：

「我知道你的事，麥斯威爾神父！你自己也是個超級大爛人！」

「沒錯！我是最差勁的人渣！所以這顆星球最適合我啊！不過大家仔細想想，既然這裡已經是谷底，那麼以後就能輕鬆地往上爬。不論是怎樣的人渣，都有向上提升的權利！」

神父笑容滿面地向所有人說道：

「不要老是垂頭喪氣嘛，你們也一起上去看看怎麼樣？」

神父說完這句話後，就轉身爬上背後的階梯。

在神父一路跑過去的走廊上，豎起大衣衣領的ALPHA就等在那裡。

「做得好，麥斯威爾神父。」

「你就快點告訴我吧，希洛……」

他現在已經用「希洛」這個名字來稱呼ALPHA。

「為什麼選我？要搞政治的話，應該還有其他更適合的人選吧？」

ALPHA從外出提籠裡把小貓放出來，一邊餵食一邊說：

「因為你最適合。所謂適合當政治家的人，必須要有一顆能理解他人傷痛的心；而基於這點，他自己也非得經歷過傷痛不可。所以我認為你當年還是下等人時的經歷非常寶貴。」

「我真的可以相信你嗎？」

ALPHA抱著小貓站起來：

「當然可以。關於政治這方面的事，我已經把作為指導者的希洛．唯的描繪記憶輸入腦袋裡了。」

被冠上「宇宙之心」這個名字的挪威森林貓「喵」地叫了一聲。

「這樣的話，希洛你親自出馬來搞政治不是比較好嗎？」

「抱歉，我和這隻貓咪不同，不喜歡陽光普照的地方。再說──」

「再說？」

「我根本沒有市民登錄號碼。」

「我也沒有那種玩意兒啊。」

「你有喔，詹姆斯．克拉克．麥斯威爾。」

神父覺得聽過這個名字。

「當希爾妲・休拜卡博士在MC0015年提出結婚申請時，你的市民號碼就登錄完成了。順便告訴你，博士好像還沒提出離婚申請。也就是說，你們倆在戶籍上還是夫妻。」

「不……不會吧？」

神父立刻一臉哀傷地消沉起來。

「我可是很討厭番茄三明治啊！」

「別這麼說嘛……她留下的功績實在了不起啊。只要一看到她哭，不論是誰都會對她毫不懷疑耶。」

小貓再度「喵」了一聲。

火星第二衛星軌道

白色次代鋼彈正在火神內部與啟動的一百五十架比爾哥Ⅳ交戰。

所謂「寡不敵眾」這句話，在這顆狹窄的資源衛星上可不適用。

若想有效活用ＭＤ這種兵器，那麼就需要廣大的戰場。

張老師的奮戰簡直就像打陸戰時以一敵千，堪稱天下無雙的猛將。

變成ＭＳ型態的白色次代鋼彈在從機庫延伸出去的狹窄迴廊上守株待兔，採取只要一發現有兩三架比爾哥Ⅳ冒頭便立刻迎頭痛擊的戰法。

白色次代鋼彈揮動一次光束三叉戟就擊毀了五架ＭＤ，而從神龍鉗上發射的光束加農砲則一擊就讓八架比爾哥Ⅳ停止機能。

即使如此，敵方的比爾哥Ⅳ仍然前仆後繼，這是因為控制者選擇用人海戰術來對抗，藉以等待張老師陷入疲倦狀態。

「無能的傢伙……你真以為我會累嗎？」

此刻凡恩正在副控制室體會完全敗北的感覺。他已經把控制權移交給迪茲奴夫，但即使要以決鬥向張老師挑戰，他也沒有能駕駛的機體。

「哥哥，我該怎麼辦才好？」

他僅剩的手段只有用自爆裝置讓火神與張老師同歸於盡，讓兩者化為宇宙裡的灰塵。

「說得也是啊……」

凡恩終於作好心理準備。

「反正我的性命，不過是……」

三架賽伯拉斯並未參戰。

成功進入火神內部的T博士、W教授和凱瑟琳三人駭進火神的電腦，藉以尋找操縱MD的控制者。

而他們也馬上就找到了。中央控制室裡有一個生體反應。

T博士說道：

「找到了，是迪茲奴夫．諾恩海姆。」

「原來是那個罪魁禍首啊。」

W教授算出通往該場所的最短路線。

「動作快點，我們必須在希洛處決莉莉娜之前，問出解除密碼！」

凱瑟琳這句話一說完，T博士就發出「是啊……」這樣冷淡的回應。

T博士等人進入中央控制室。

這裡是個有無數螢幕在喧嚷的詭異空間。

而坐在位於中心椅子上的迪茲奴夫則悠哉地在等候。

「歡迎各位大駕光臨……」

T博士舉起手槍，毫不猶豫地扣下扳機。

這一槍命中迪茲奴夫滿是皺紋的眉間，還讓他的上半身因為衝擊而後仰。

「我們不是要問他『P．P．P』的解除密碼嗎？」

凱瑟琳頓時慌張起來：

「你在做什麼，特洛瓦！要質問他的話，不在開槍前問就沒意義了啊！」

「不用擔心，才這點程度的攻擊，這傢伙死不了的。無名的弗伯斯之所以會暗殺他失敗，就是因為在摸清底細這方面太大意了。」

迪茲奴夫並沒有死。他抬起頭來，並動手從眉間的彈孔中，把被壓扁的彈頭拿出來。

「這傢伙已經把自己改造成足以適應木星級惡劣環境的太空用改造人了。他的頭蓋骨多半也使用特殊金屬的鍍膜處理吧。」

「呵呵呵……正如你的推論，我已經是永生不死了。」

迪茲奴夫在手掌上把玩起壓扁的彈頭。

「想殺我是絕對不可能的事。」

T博士一臉冷澈地點點頭：

「看來是這樣啊……」

迪茲奴夫站起來後，緩緩擺出架式。

「別看我外表已經上了年紀，對體術可是很有自信喔。」

「真巧啊，我也一樣。」

T博士與迪茲奴夫當場打起了肉搏戰。就貼身肉搏這方面來說，是迪茲奴夫占了上風。

T博士不動聲色地說道：

「原來如此，我們的確殺不了你。不過——」

W教授唸出手上的說明書。

「請同時按下肩胛骨的三處按鈕，並扳下脖子的頸椎上從下往上數的第二個開關。」

凱瑟琳立刻迅速地繞到迪茲奴夫背後，照W教授說的順序行動了。

由於她的動作一瞬間就完成，迪茲奴夫連回頭都來不及。而當他一回頭，雙臂就掉下來了。

「——倒是可以拆了你。」

「住……住手！」

W教授淡然地繼續唸說明書。

雖然迪茲奴夫拚命抵抗，凱瑟琳卻以不論整骨師還是按摩師都辦不到的敏捷動作，陸續卸下了他的關節齒輪。

迪茲奴夫的雙腳也被輕易地卸掉，這下他就無法逃走了。

T博士冷漠地俯視著只剩頭部和軀幹而倒在地上的迪茲奴夫：

「就算直接把這樣的你扔進宇宙，身為木星級改造人的你八成還是能活下去啊……不過什麼都不能做的永恆孤獨，或許也不錯吧。」

「給……給我住手啊！」

闔上說明書的W教授的眼神也十分冷漠：

「那只是讓宇宙裡多了一塊垃圾，還是算了吧。與其這麼做，不如把他往『雅努斯』的方位扔過去如何？如果他被液態金屬的電磁波吞沒了，我想就算是改造人的內藏電腦也會停止運作。」

「只有這件事千萬別做啊！我什麼都答應！」

「你都把自己的身體改造到這個地步了，居然還那麼在乎那條命？」

「這……這是理所當然吧。」

「所以你才格外不把別人的命當回事嗎？」

W教授的雙眼中充滿憎惡：

「下令讓偵察衛星墜落到拉納格林共和國的海上都市的人，就是你吧？」

「那個國家的發展會威脅到聯邦政府。我選擇這樣做也很痛苦啊！」

「你為什麼假裝自己已經被暗殺了？」

「這是為了讓莉莉娜．匹斯克拉福特清醒。只要她清醒過來，就能靠『P．P．P』完全支配火星和地球圈。」

「你之所以能用那個來脅迫政府，不過是因為你知道解除密碼。那麼，快點把解除密碼從實招來吧。」

「……」

迪茲奴夫沉默了。

「你們諾恩海姆康采恩是靠軍需產業來營利。如果火星陷入戰火，最高興的人就是你沒錯吧？」

迪茲奴夫也沒有回答這個問題。

「把AI傑克斯．馬吉斯和凡恩．克修里納達的複製人送進拉納格林共和國也是你做的吧？目的是要引發戰爭。」

罪魁禍首仍然保持沉默。

「你就是『格雷的畫像』啊。你把所有醜惡都推給米利亞爾特・匹斯克拉福特，自己卻躲在幕後享受安逸的人生。不過，這些也都要結束了。」

W教授已經壓抑不住自己的激動：

「你到底要給別人添多少麻煩才會滿足？就算是要替母親報仇，你也做得太過火了！」

這時迪茲奴夫才稍微有點反應：

「哼，你們根本不懂……」

W教授深深嘆了口氣，隨口說了句：

「我看還是將他扔進宇宙吧，反正我已經大致上猜到解除密碼了。」

「不可能！我不認為你這麼簡單就能猜到！」

迪茲奴夫立刻破口大罵，W教授則笑著點點頭：

「也就是說，果然有解除密碼啊。」

「這下證據確鑿啦。」

T博士臉上也浮現微笑。

「你們竟敢騙我？」

迪茲奴夫頓時面無血色。

「解除密碼是『阿斯特蕾亞（Astoria）』，那是你母親的名字對吧。放心，我們不會把你扔進宇宙，因為我們還需要你好好贖罪啊。」

迪茲奴夫後悔地閉上眼。他能辦到的些微抵抗，只持續了短短一瞬間。

副控制室

凡恩把手放在火神的自爆裝置上。

「住手……」

張老師就站在他背後。當迪茲努夫被捕時，比爾哥Ⅳ就停止行動了。

「如果你死了，那要由誰來繼承特列斯的遺志？」

「……」

「我不會原諒『ＯＺ』這個組織，但並不討厭它。如果你想創設全新的ＯＺ，要我幫你也行。」

「我是個複製品喔。」

「一個人的價值不是靠那種東西來決定。啊，對了……」

張老師好像想起了某件事。

「你很好奇為什麼希洛．唯不會按照『ＺＥＲＯ系統』或宇宙之心的預測來行動對吧？」

「嗯，是啊……」

「因為他也有個複製人，因此才能擺脫『宇宙因果律（Reincarnation）』。」

「這怎麼回事？」

「不論是複製人還是立體影像都無所謂，即使出現兩個相同的人，『ＺＥＲＯ系統』或宇宙之心都會跟平常一樣認知並預測未來；然而其中一人卻進行了冷凍睡眠，於是發生雖然還是同一個人卻處於不同時間軸的狀況。就是因為時間軸產生變異，才讓它們判斷失誤。照Ｗ教授的說法，是時間和空間的向量產生歪斜，因此會讓預測變得曖昧不清。」

「聽過理由之後，我就有種『你在胡扯什麼』的感覺啊。這種感覺和你在欺騙『ZERO系統』時還滿像的。」

「呵呵……不過以宇宙之廣，像這樣的傢伙也只有他們。如果你想勝過他們，就需要相應的修行。」

「修行啊……聽起來滿有趣的。」

要塞巴別 戰犯法庭（司令室）

砲擊的震動並未停止。

在傑克斯上級特校從要塞派出五百架以上的比爾哥部隊去迎擊的同時，也下令準備發射長程光束砲「十二矮星」。

在媒體上則是宣稱「我們要對陰險毒辣的聯邦政府施以正義的制裁！讓他們落

得作法自斃的下場！」，這讓莉莉娜十分焦躁。

「不要再造成更多犧牲了……」

站在她身旁的希洛低聲說道：

「莉莉娜，按下爆破開關。想要消滅那個傑克斯，這是唯一的辦法。」

但是她卻搖了搖頭：

「不，希洛……現在的我能做的……」

莉莉娜毅然將有爆破開關的筆蓋往前一擺，再用另一隻手握住一端，接著「啪嘰」一聲將它折成兩段。

「——就是這樣。」

開關的電路、零件還有筆蓋的碎片都灑在降書上。

莉莉娜把這些東西掃開後，拿起鋼筆在文件上簽名。

「火星聯邦第二任總統莉莉娜·匹斯克拉福特」——

希洛一看她這麼做，便低語：

「是嗎……這才是莉莉娜啊。」

莉莉娜高舉已經簽署的降書大喊：

「傑克斯上級特校！火星聯邦政府在此宣告投降！請立刻停止戰鬥行動！」

這個影像被媒體的攝影機拍得一清二楚。

傑克斯緩緩靠近，接過了降書。

「已經確認，在此接受火星聯邦政府投降。不過我不會停止戰鬥！」

「你這是要做什麼！」

「我必須把找上門的麻煩清理掉！這可不是我想打，而是我要給那些違抗莉莉娜總統意志的蠢貨一點顏色看看！」

就在此時，希洛塞在耳朵裡的耳機型通訊器中傳來W教授的聲音。

「希洛！我們剛剛成功解除『P・P・P』了！」

「收到。」

在這段期間，傑克斯上級特校的演說也還在繼續。

「而且基於莉莉娜總統崇高的犧牲，我在此宣告這場南北戰爭結束了！」

希洛舉起手槍。

「任務了解。」

他用槍口頂住莉莉娜的太陽穴。

「閉上眼睛，莉莉娜。」

她十分聽話地閉上雙眼。

希洛扣下了扳機，槍聲響起。

莉莉娜的頭上濺出血花和微量肉塊，接著當場倒地不起。

「任務完成。」

希洛一說完此話，便把槍口指向傑克斯。

「你想做什麼，希洛‧唯？」

「你說過『不容許任何虛偽』沒錯吧……」

希洛突然連續對傑克斯開了好幾槍。

即使彈夾里的子彈都打空了，他還是繼續開槍。身為立體影像的傑克斯當然毫髮無傷。

「那麼，你該怎麼解釋你自己的虛偽呢？」

這副光景火星上下全都看到了，傑克斯卻完全沒被動搖。

「剛才的行為可謂是對戰勝國代表的叛逆！把這個男人抓起來！」

周圍的人們並沒有立刻行動。

「諾茵，善後就交給妳了。」

希洛說完這句話就衝出司令室，並沒有人去追他。

諾茵站在媒體記者和在這個房間裡的南部聯合國士兵們面前揚聲大喊：

「這個男人是『ZERO系統』製造出來的立體影像，不過是單純的幻影！你們要把自己的未來託付給這種東西嗎？」

士兵們立刻就動搖了。

「就這樣把國家交給由電腦支配的軍事政權進行獨裁統治，真的好嗎？很遺憾，火星聯邦已經不存在了。或許完全和平只是無法實現的美夢，但如果自己不振作，自己不期望和平，那這場戰爭就不會結束啊！」

傑克斯排開人群，走到前面。

「諾茵，完全和平是不會實現的。妳要我說幾次才會懂？」

諾茵立刻從人群前方的士兵手中搶過一把槍。

「我可不記得有同意讓一個立體影像叫我諾茵！」

她向傑克斯開槍，而死不了的傑克斯則一臉哀傷地說：

「不論是誰開槍打我，我都不會覺得痛。可是妳只開一槍，我就覺得心被人刺了一刀……」

他突然看到倒在自己腳邊的莉莉娜屍體，瞬間無聲無息地消失了。

「這個莉莉娜也是立體影像？」

傑克斯立刻發現了這點：

「是利用休拜卡博士的奈米技術啊……居然連哭泣和被殺的情形都能用程式重現。」

然而他手上還掌握著已經簽署的降書。

即使他的確是立體影像塑造出來，這份降書卻肯定有效。

因此傑克斯也並未刻意對媒體宣揚莉莉娜消失這回事。

他反過來向媒體質問，自己是立體影像這點有什麼不妥。

「有人會問我到底是什麼人，而我的回答也很簡單——我是勝利者！或許我的確是沒有實體的立體影像，但打贏這場戰爭的毫無疑問是我！」

『這可不對喔。』

他背後的巨大螢幕上，映出戴著面具的昔蘭尼之風的臉。

諾茵一看到幾天不見的丈夫容貌，心情立刻雀躍起來。

「你……」

傑克斯怒目瞪著螢幕：

「你倒是說說看哪裡不對？」

『那份降書根本無效！在降書上簽的是火星聯邦第二任總統，這個部分就不對了。』

「你該不會想說，那個莉莉娜總統是冒牌貨吧？」

『不，我不是那個意思。』

傑克斯一臉意外地看著螢幕：

「那你到底是什麼意思？」

『火星聯邦第二任總統根本不存在啊。要說為什麼的話——』

昔蘭尼之風緩緩拿下面具，露出真面目。

『那是因為，火星聯邦首任總統米利亞爾特．匹斯克拉福特還好端端地在這裡啊。』

從媒體的人群中傳來驚嘆的歡呼聲。

『莉莉娜是以我遭到暗殺為前提才被選為總統。然而，這從根本來說就是個錯誤。我的任期還沒有結束呢。火星聯邦政府最高負責人米利亞爾特．匹斯克拉福特在此宣告！我們聯邦不會投降！戰爭將要繼續下去！』

「很好！」

怒火中燒的傑克斯對螢幕上的米利亞爾特擲出白手套。

「那我們就在這裡一決雌雄吧！」

傑克斯也駕駛次代鋼彈出擊了。

火星 伊希地平原

即使已經入夜，戰鬥依然持續著。

天堂托爾吉斯和五十二架撲克牌Mars Suit和大約有十倍戰力，合計有五百架比爾哥Ⅳ的大部隊持續展開激戰。

駕駛黑桃國王的米爾．匹斯克拉福特雖然一直在最前線奮戰，但因為光束長槍的出力降低，逐漸被敵軍逼退。

這時，有道彩虹般的閃光出現，那是由卡特莉奴駕駛的「舍赫拉查德」。

她以葉門雙刃彎刀發動的攻擊，瞬間擊破敵方前鋒部隊的七架比爾哥Ⅳ。

「抱歉，我來遲了。」

「卡特莉奴，妳沒事了嗎？」

米爾開口問道。

卡特莉奴之前因為聽到超過一萬名死者的聲音，精神受到極大的衝擊。

「我不要緊了。就算是為了已經死去的人們，我也非戰不可。」

舍赫拉查德與黑桃國王聯手作戰，一路攻進比爾哥部隊的陣地中央。

「我等妳很久了，卡特莉奴。」

有架舊式Mars Suit就站在那裡。

「妳是史特菈？」

「妳好啊，卡特莉奴。來，和我一起跳支舞吧！」

史特菈和卡特莉奴開始交戰。

「今天我可不能手下留情！」

「這句話應該是我要說的吧。」

令人意外的是，論反應速度，史特菈的座機比舍赫拉查德更快。她以敏捷的動作將卡特莉奴耍得團團轉。

「這不可能！妳的技術為什麼變得這麼好？」

「因為我有傑克斯．馬吉斯的描繪記憶啊！妳有辦法超越史上最厲害的ＭＳ駕駛員嗎？」

米爾從舍赫拉查德的背後叫了聲「卡特莉奴」。

「由我來當父親的對手吧。」

「你退下，米爾！這是我和史特菈的宿命對決！」

卡特莉奴一邊打，一邊調查舍赫拉查德的記憶體。

以全新順序排列的人選資料顯示出來——迪歐．麥斯威爾、自己、特洛瓦．弗伯斯、阿爾緹蜜斯．瑟帝奇、卡特爾．拉巴伯．溫拿、露克蕾琪亞．諾茵——

「對手是傑克斯的話，那我就——」

卡特莉奴設定了露克蕾琪亞．諾茵的描繪記憶。

「就用諾茵小姐來應付！」

娜伊娜駕駛的紅心女王揮舞著高舉過頭的光束鎚矛，一路輾壓比爾哥部隊；這時迪歐駕駛的「魔法師（Warlock）」才趕到現場。

「娜伊娜姊！」

「是迪歐嗎？」

「妳還是一樣很強啊！看樣子，根本不用我來支援吧？」

「不准偷懶，給我好好揮汗工作！只要沒人盯著你，你馬上就會偷懶吧！」

「今天妳沒帶便當吧？」

「我當然有帶啊。」

「有沒有我的份？」

「我當然有替你準備！」

「太棒啦！這下我幹勁十足啊！」

魔法師立刻脫掉斗篷，變形成芬里爾模式。

芬里爾往前猛衝，從比爾哥部隊的正中間切進去。

紅心女王從後跟進，同時將一字排開的比爾哥Ⅳ的頭部陸續擊毀。

「了不起啊，迪歐！你果然是最棒的！」

「這是當然啦！」

裝備了螺旋槳式飛行裝備（蜻蜓飛行裝備）的「普羅米修斯」在搬運「白雪公主」。

這架機體就藏在附近的森林裡。

無名氏接受希洛的委託，要將白雪公主送到要塞去。

但是要塞巴別射出的彈幕太過密集，想接近可不是那麼容易。

「這種做法或許有點粗暴，但也沒辦法了。」

普羅米修斯直接把白雪公主來了個空投，同時以巨大十字架型重機砲開火。

在白雪公主掉落的方向的更下方發生爆炸，而爆炸的風壓讓機體飄浮起來。

這可是近似雜技的高等射擊技巧。

白雪公主漂亮地降落在要塞巴別的屋頂上，而希洛早就等在屋頂上了。

「抱歉了，無名氏……」

「這下我欠你的都還清了。」

「是啊……」

希洛坐進了白雪公主的駕駛艙裡。

白雪公主張開背上的白色翅膀，飛進天空。

傑克斯的次代鋼彈跟在白雪公主後面，展開急速爬升。

白雪公主則在上空嚴陣以待。

「能和你為敵真是太好了，希洛！」

在雙方錯身而過時發出激烈的閃光，下一瞬間，白雪公主的巨型步槍被擊飛了。

「因為這種戰鬥，其他人辦不到啊！」

同時白雪公主拔出光劍。

彷彿為了回應這舉動，次代鋼彈也亮出光束劍。

次代鋼彈與白雪公主再度錯身而過，展開激烈對戰。

雙方不斷反覆上演近身較勁之後脫離，脫離之後再度激烈對戰的死鬥。

在不知不覺中，白雪公主的斗篷已經被砍得七零八落，使這架機體的真面目逐漸曝光。

那和在第二次月球戰爭被使用，人稱「原型零式」的機體相當類似。

「我有想過你們會用莉莉娜總統的立體影像，但還是徹底敗給你們了。」

「那個莉莉娜和你一樣，既不是幻影也不是立體影像。」

「什麼？」

「那就是莉莉娜．匹斯克拉福特本身。不論是對和平的想法，對你們謝罪以及流出的眼淚全都是真的，就連赴死的覺悟也一樣。」

這場攻防戰已經打成拉鋸戰，顯示雙方的技術平分秋色。

「不過莉莉娜已經有捨棄匹斯克拉福特這個姓氏的覺悟了，所以我們就用那個立體影像來當她的替身。」

「我可是有身為正牌貨的覺悟喔。」

「聽說特洛瓦曾經說迪茲奴夫是『格雷的畫像』。」

「是在說那個自稱『昔蘭尼之風』的米利亞爾特．匹斯克拉福特吧！」

傑克斯把周圍的五十架比爾哥Ⅳ集結起來。

「目標，Snow White！齊射開始！」

接著，白雪公主遭到對方集中火力掃射。

「是嗎……你果然不是正牌貨啊。真正的傑克斯・馬吉斯不會在戰鬥中追求效率。」

白雪公主張開白色大翅膀，往更高的空中飛走了。

傑克斯目送他離開後，就對要塞巴別的司令室下令。

「做好十二矮星的發射準備！第一波攻擊的目標是位於上空2000公尺處的Snow White！第二波攻擊目標再度設為莉莉娜市！」

二十五架比爾哥Ⅳ發動齊射。

在這波彈幕中，全身都裝了重裝備的普羅米修斯卻若無其事地往前走。

鋼彈尼姆合金製的裝甲，就算中了幾發甚至幾十發都毫髮無損。

雖然比爾哥Ⅳ拚命掃射，但普羅米修斯還是一直在前進。

比爾哥部隊被它這副架勢給壓倒，開始逐漸後退。

這時普羅米修斯以敏捷的動作跳了起來。

而且它越過比爾哥Ⅳ的頭上，還露了一手翻筋斗的本事。

從空中降下的普羅米修斯立刻架起巨大十字架型重機砲。

格林機砲噴出一串火舌。

二十五架比爾哥Ⅳ陷入了宛如怒濤的槍林彈雨。

當格林機砲停止旋轉時，這群比爾哥Ⅳ已經被打得連渣都不剩了。

無名氏如是說：

「剩下兩百八十五架……一個人分擔五架的話，應該能輕鬆解決吧。」

弗伯斯和戴摩斯在夜空中閃閃發光。

米利亞爾特駕駛的天堂托爾吉斯來到了在高空中飛行的白雪公主身旁。

經過一連串的激戰後，天堂托爾吉斯的機身已經遍體鱗傷，真虧它能在這種狀態下一路飛到這裡來。

「希……希洛！」

米利亞爾特的天堂托爾吉斯把機械手臂握著的黃金箭遞給白雪公主。

「希洛！這就是最後第七枝的『七個小矮人』，『黃金箭』！」

這是其中安裝了對無人機用奈米守衛的武器。

它是過去天堂托爾吉斯裝備過的奈米守衛經過進一步改良後的產品，能發出強力的EMP（電磁脈衝波）。

「使用這個就能消滅那個傑克斯．馬吉斯了！」

「……」

「雖然我很想親手葬送那架次代鋼彈裡的亡靈，但現在的我已經無法如願，所以我想拜託你替我完成。」

「……收到。」

白雪公主從肩膀莢艙中取出七個小矮人的十字弓，然後將黃金箭架在中央。

目標是下方遠處的要塞巴別。當希洛將準星完全對準目標時，他突然發現有異狀。

「傑克斯，快離開！」

白雪公主把天堂托爾吉斯推開了。

幾乎在此同時，響起「鏗」的一聲高周波金屬聲，有道粗大的光柱從地面上升起。

那是要塞巴別發射的「十二矮星」，白雪公主被這道光柱給吞沒了。

米利亞爾特感到戰慄。

「希洛！」

天堂托爾吉斯在只差幾公尺的位置上逃過一劫。

當光柱消失時，白雪公主也不見了。

它連蒸發的跡象都看不到就消失了嗎？

米利亞爾特有一瞬間這樣想。

然而白雪公主並沒有消失。

它把白色翅膀捲成螺旋狀裹住機體，以自由落體的方式衝向要塞巴別。

「十二矮星第二波發射準備完畢，目標莉莉娜市西北部。」

正十二面體中，有一個正五邊形整個發出耀眼的光芒。

希洛從駕駛艙裡確認到這一幕。

「我不會讓那個有機會……」

白雪公主的機體可說遍體鱗傷，駕駛艙裡的希洛也陷入瀕死狀態了。

「發射那玩意兒……」

白雪公主張開破破爛爛的翅膀，露出其下架著黃金箭的七個小矮人。

次代鋼彈裡的傑克斯發現正在下降的白雪公主。

「Snow White！它沒被擊落嗎！」

它架起的箭尖上散發出金色光芒，令他為之恐懼。

「那是有奈米守衛的……」

次代鋼彈立刻以猛烈的速度飛向白雪公主下方。

「你休想得逞——！」

白雪公主一邊筆直墜落，一邊重新架好七個小矮人。

「七個小矮人，開弓……」

弓身的弧度被拉到極限。

「滿……滿弓……」

受到機體損傷與風壓的影響，箭尖一直因為輕微震動而無法穩定。

這時，揮舞著光束劍的次代鋼彈出現了。

希洛絞盡最後一點力氣，將箭尖對準目標。

「射出！」

黃金箭終於應聲離弦。

它筆直地命中了次代鋼彈的駕駛艙，並直接貫穿過去。

在「十二矮星」即將發射的那瞬間，黃金箭命中了正五邊形的中央。

要塞巴別被這箭一命中後發出耀眼的金色光芒，幾分鐘後就沒有動靜了。

這場戰鬥就這樣安靜地落幕。

要塞上的「十二矮星」並未發射。

它內部所有的電子儀器都停擺了。

戰場上的所有比爾哥Ⅳ也全都停止運行，決戰戰場上的戰鬥也就此告終。

還在打的，只有駕駛舊式Mars Suit的史特菈與駕駛舍赫拉查德的卡特莉奴。

但是雙方都察覺這場戰鬥已經沒有意義了。

使用傑克斯的描繪記憶的史特菈開口說：

「打到要緊的時候居然還放水！看樣子，因為對手是諾茵，你就變得好說話了是吧？」

使用諾茵的描繪記憶的卡特莉奴則這樣說：

「我戀愛的感覺居然變得這麼強烈，真……真是羞死人了。」

白雪公主與次代鋼彈墜落到地上，雙方的機體都陷入半毀狀態。

次代鋼彈的駕駛艙裡已經看不到傑克斯．馬吉斯了。

它的「ＺＥＲＯ系統」被切斷，半球型螢幕也不會再發光。

希洛踢開已經半毀的艙門，整個人搖搖晃晃地走到外面，接著才走兩三步就倒地了。

——或許這次真的不行了……

全身的疼痛感逐漸消失，眼前的光芒也開始閃爍，這些都讓希洛意識到自己即將死去。

就在此時，有個張開白色大翅膀的天使從天空降落。

——哦，連我這種人也會被接到天堂去嗎……

天使對希洛發話：

「你讓我看到你靈魂的光輝了。」

這個溫柔的聲音很像莉莉娜。

「莉……莉莉娜……」

希洛只說出這句話就失去意識了。

由預防者的凱西．鮑准尉駕駛的小型氣墊艇就停在希洛昏倒的地方。

「莉莉娜小姐，他還活著嗎？」

「那當然。」

莉莉娜溫柔地抱住昏倒的希洛。

雖然沒有白色的翅膀，她那溫和的微笑可說宛如天使。

「那請馬上把他帶過來……我要把他轉移到醫療裝置裡。」

莉莉娜緩緩地搖搖頭：

「凱西小姐，妳知道嗎？不論白雪公主還是睡美人，都是被吻醒的喔。」

凱西不由得把想說的話吞回去了。

莉莉娜把自己的嘴唇疊在昏迷的希洛嘴唇上。

她的動作看起來很笨拙，讓這一幕看起來十分純情。

但是希洛並沒有醒。

莉莉娜露出即使這樣也很幸福的微笑。

希洛也露出感覺到平靜安詳的表情。

MC-0023 FIRST SPRING

火星南北戰爭在南部聯合國投降後宣告結束。

火星聯邦第一任總統米利亞爾特・匹斯克拉福特在這職位上一直做到任期屆滿為止。

不過任期屆滿的日子很快就到，他也十分乾脆地離職了。

「我本來就對政治沒興趣，自稱首任總統，也只是為了方便。」

米利亞爾特這麼說完，便帶著諾茵、米爾和娜伊娜等家人到火星北部開始過著經營牧場的生活。

繼任者則是在火星大選中獲勝當選的詹姆斯・克拉克・麥斯威爾。

雖然他應該是正式的第二任總統，卻總是自稱第三任。

據說他和身為第一夫人的希爾妲還是老樣子感情不睦，夫妻倆經常吵架。

擔任首席助理的則是在大選中擔任選舉參謀，並一手將詹姆斯推上總統寶座，名叫「希洛．唯」的男子。

他繼承了殖民地指導者希洛．唯的遺志，企圖逐步實現完全和平的夢想。

火星的和平才剛剛開始而已。

在戰後重建的過程中，每個人都回歸各自幸福的生活。

莉莉娜和希洛在溫拿醫院過著平靜的生活。

莉莉娜對母親瑪麗涅．德利安這樣說：

「我回來了，母親。從今以後，我永遠都是德利安家的人喔。」

莉莉娜眼裡，原本已經凍結的眼淚也在融化後流出來了。

希洛伸手替她拭去眼淚，並在她耳邊靜靜地低語：

「我有東西要讓妳看，莉莉娜。」

「咦？要看什麼？」

「我也能像妳那樣捨棄希洛．唯這個名字了。今後我也會讓靈魂閃耀——不，是永遠閃耀下去。」

希洛把手上的信遞過去。

「我終於能親手把這個交給妳……」

莉莉娜打開了這封信。

上面寫著英文句子。

『Your sight, my delight.

Will you marry me?』

莉莉娜先是安靜了一下，然後深深地點頭——

《THE END》

後記

本書是第十三集，也是最後一集；不過我可沒想到本書居然會和第十二集同時發售，還真是嚇了我一大跳。在《GUNDAM ACE》上的連載篇幅也是平常的三倍，我可是好不容易才統統寫完，實在很辛苦。因為我想在故事最後營造一點餘韻，所以會在あさぎ櫻老師的畫集裡寫一篇描述後續故事的特別短篇，而且只有希洛和莉莉娜會出場。由我自己說這種話是有點怪，不過我很喜歡這個短篇喔。那可以說是一段很甜蜜的戀愛故事，我甚至覺得如果本書發行文庫版時也能一併收錄這篇故事就好了。不過事情也可能沒有下文，所以關於這件事，我就不打算在畫集的解說中重覆了。

不管怎麼說，這個故事就在此告一段落了。聽說本作的連載期間長達五年三個月。我很想對二十年前的自己說「真是的，幹嘛那麼認真呢？就算你不滿意身上

後記

被人貼的標籤，放著不管以後也會變得能接受啦！」啊，這番話對現在的自己也適用。這不就表示，我完全沒有成長嗎？

我經常聽到別人問我「到底什麼時候能看到白雪公主（Snow White）把斗篷拿下來啊？」不過我想大家八成沒想到這件事居然會在第十二集的封面插畫中實現吧？其實我也一樣。那張插畫裡，站前面的是白雪公主，後面則是原型零式。雖然KATOKI HAJIME老師很堅持說過，在本作宣布要改編成動畫前，他絕對不公開這個造型，不過我還是強人所難地拜託他同意以這種形式對外公開。這真是架優雅無比的機體。不過既然是出自KATOKI HAJIME老師筆下，那很有可能會在本作真的要改編成動畫時變更設計也說不定；當然也有可能不會這樣啦。

這一集的封面插畫可是KATOKI老師與あさぎ櫻老師使出渾身解數畫出來的。這次則是沿襲了第一集和第二集的形式，可以和第十二集的封面合併起來。抱著從白雪公主駕駛艙裡出來後就昏倒的希洛的莉莉娜，看起來很美吧？當我拜見這張插畫時，心裡下了一個決定——就是我終於嘗試要從《新機動戰記鋼彈W》這部作品中解放自己了。雖然在替《G-UNIT》和《SATANAS》兩部作品編劇時，我也覺得有點力不從心，但我這次是真的有油盡燈枯的感覺了。如果各位喜歡《鋼彈W》，那麼不論是誰都行，請來替它寫續篇吧。順便提一下，為了慎重起見，我要事先聲明，我從沒說過要替《Frozen Teardrop》寫續篇喔！只是KADOKAWA那邊希望我替他們構思能讓各位覺得簡單易懂的宣傳文案而已。

啊，《新機動戰記鋼彈W Endless Waltz 敗者們的榮耀》的編劇工作也還沒結束耶，啊哈哈哈。

小笠原智史老師、責任編輯御手洗光司大人，到作品結束前，我們就一起努力工作吧！我現在可是鬥志旺盛到極點！

老是讓大家看這種奇怪的「後記」實在非常抱歉，不過這也是最後一次道歉了。

既然都到最後，就正經八百地來寫點致謝詞吧。

KADOKAWA漫畫&角色局GUNDAM ACE編輯部的石脇剛總編輯、財前智廣副總編輯、初代責任編輯長嶋康枝大人、二代責任編輯森野讓大人、現任責任編輯折笠慶大人、單行本責任編輯松本美浪大人，平常我不是休刊就是趕在截稿前千鈞一髮

後記

之際才交稿，給大家添了很多麻煩，在此敝人衷心向各位致歉。非常感謝大家一直以來盡心盡力的協助。

一直鼎力相助我的SUNRISE的中島幸治大人、高橋哲子大人、森江美咲大人，讓我執筆本書契機的富岡秀行董事，還有不遺餘力地協助我宣傳的BANDAI HOBBY事業部的松岡さゆり大人，真的很感謝大家。

向來都惠賜我美麗插畫的あさぎ櫻大人、MORUGA大人，還有擔綱機械設定的石垣純哉大人，而KATOKI HAJIME大人除了本職外，還在每一集都提供帥氣的裝幀，在此敝人要致上最誠摯的謝意。

堺正和艇長、鳥居輝彥舵手、東昌市教授、櫻井剛大人，各位所提供的點子都是本作的骨幹啊！實在很感謝各位幫忙。啊，然後也要對我的太太說聲「Thank you♡」。

雖然族繁不及備載，不過在此敝人也要向曾經祝賀「鋼彈W二十週年」的各路大德們說聲謝謝。那時真的很快樂啊，實在很感謝大家的支持。

雖然放到最後才說，不過敝人還是要向一路支持《新機動戰記鋼彈W》，還將

這個故事看到結局的所有讀者大人們致上更誠摯的謝意。

那麼，敝人在祈禱將來有緣再和大家見面的同時，在此停筆了。

隅沢克之

新機動戰記鋼彈W
冰結的淚滴
13 沉默的讚歌

作者 隅沢克之
插畫 あさぎ桜（角色繪製）
機械設定 KATOKI HAJIME
石垣純哉
原案 矢立肇・富野由悠季
協力 中島幸治（SUNRISE）
高橋哲子（SUNRISE）
宣傳協力 BANDAI HOBBY事業部
顧問 富岡秀行
日版裝訂 KATOKI HAJIME
日版內文設計 土井敦史（天華堂noNPolicy）
日版編輯 石脇剛
折笠慶
松本美浪

Kadokawa Light Novels

機動戰士鋼彈UC 1~10（完）

UNICORN

Kadokawa Fantastic Novels

作者：福井晴敏　插畫：安彥良和、虎哉孝征

在可能性的地平線彼端，衝擊性的發展——
嶄新的宇宙世紀神話，在此堂堂完結！

受「獨角獸鋼彈」導引的漫長旅途終於走到盡頭，巴納吉和米妮瓦總算到達「拉普拉斯之盒」所在地。他們意圖將真相傳達給大眾，然而假面之王弗爾·伏朗托再度阻擋在他們面前。如今，圍繞「盒子」的一切恩怨糾葛，即將面臨清算的時刻……

各 **NT$180~200/HK$50~55**

台湾角川

Kadokawa Light Novels

OVERLORD 1~9 待續

Kadokawa Fantastic Novels

作者：丸山くがね　插畫：so-bin

給予至高無上之力喝采；
給予血腥戰場恐懼——

王國與帝國之間的戰爭，原本應如往年一樣以互相敵對告終。然而，由於帝國的支配者——鮮血皇帝吉克尼夫造訪納薩力克，以及安茲宣布加入戰局，使得原本的小衝突起了極大變化……暴虐的狂風吹襲戰場，以恐怖將其化為地獄——波瀾萬丈的第九集！

台灣角川

各 NT$250~300/HK$75~90

Kadokawa Light Novels

驚爆危機ANOTHER 1~9 待續

Kadokawa Fantastic Novels

作者：大黑尚人　插畫：四季童子

千變萬化的SF軍事動作小說，
現在回憶插曲！

伴隨著蘇聯解體獨立的科爾基斯共和國，當時正與少數民族內戰而動盪不安。在這場動亂中，雅德莉娜以民兵身分參與了這場戰爭。而受派遣到科爾基斯的梅莉莎，在戰場上與她有了一場驚濤駭浪的相遇。如今總算能述說的，她所不為人知的根源究竟是——？

各 NT$180~200/HK$50~60

台灣角川

Kadokawa Light Novels

絕對的孤獨者 1~2 待續

Kadokawa Fantastic Novels

作者：川原 礫　插畫：シメジ

面對操縱「氧氣」的「發火者」，
懷抱著絕對「孤獨」的少年將何去何從——！

空木實用自身的能力艱辛地戰勝了人類之敵「紅寶石之眼」。那一天，「加速者」由美子邀請他加入「組織」，撲滅會加害人類的「紅寶石之眼」能力者。受到一起戰鬥的請託後，實答應加入，卻要求了某個交換條件。那就是，消除他自身的「存在」……

台灣角川

各 **NT$190~220/HK$58~68**

©NOBUORI NAGATA 2014

Kadokawa Light Novels

槍械魔法異戰 1~2 待續

Kadokawa Fantastic Novels

作者：長田信織　插畫：ネコメガネ

魔法與火砲交錯，異世界神話揭幕！
從天而降的黑鎧超戰士伴隨的是福還是禍？

異世界的裝甲兵廉與亡國女王伊莉絲、近衛騎士艾莉西亞一同踏上旅途。在城鎮琵特雷，鄰國法吉魯德的軍隊對峙的魔獸群中有具神祕的「四足鎧甲」。確信對方也是〈阿加思〉的廉，和伊莉絲等人一同協助進駐軍，可是——

各 NT$240/HK$75

台灣角川

國家圖書館出版品預行編目(CIP)資料

新機動戰記鋼彈W冰結的淚滴. 13, 沉默的讚歌 /
隅沢克之作 ; Hwriter譯. -- 初版. -
臺北市 : 臺灣角川, 2016.10
　面 ;　公分
譯自 : 新機動戦記ガンダムWフローズン.ティ
アドロップ. 13, 無言の賛歌
ISBN 978-986-473-328-6(平裝)

861.57　　105016596

Kadokawa
Fantastic
Novels

新機動戰記鋼彈W 冰結的淚滴 13（完）
沉默的讚歌

（原著名：新機動戦記ガンダムW フローズン・ティアドロップ 13 無言の賛歌）

2023年6月28日 二版第1刷發行

作者：隅沢克之
插畫：あさぎ桜、KATOKI HAJIME
原案：矢立肇・富野由悠季
譯者：Hwriter

發行人：岩崎剛人
總編輯：蔡佩芬
主編：林秀儒
美術設計：黃永漢
印務：李明修（主任）、張加恩（主任）、張凱棋

發行所：台灣角川股份有限公司
地址：104台北市中山區松江路223號3樓
電話：（02）2515-3000
傳真：（02）2515-0033
網址：www.kadokawa.com.tw
劃撥帳戶：台灣角川股份有限公司
劃撥帳號：19487412
法律顧問：有澤法律事務所
製版：巨茂科技印刷有限公司
ISBN：978-986-473-328-6